每個人心中都有一座島嶼，

藉文字呼息而靜謐，

Island，我們心靈的岸。

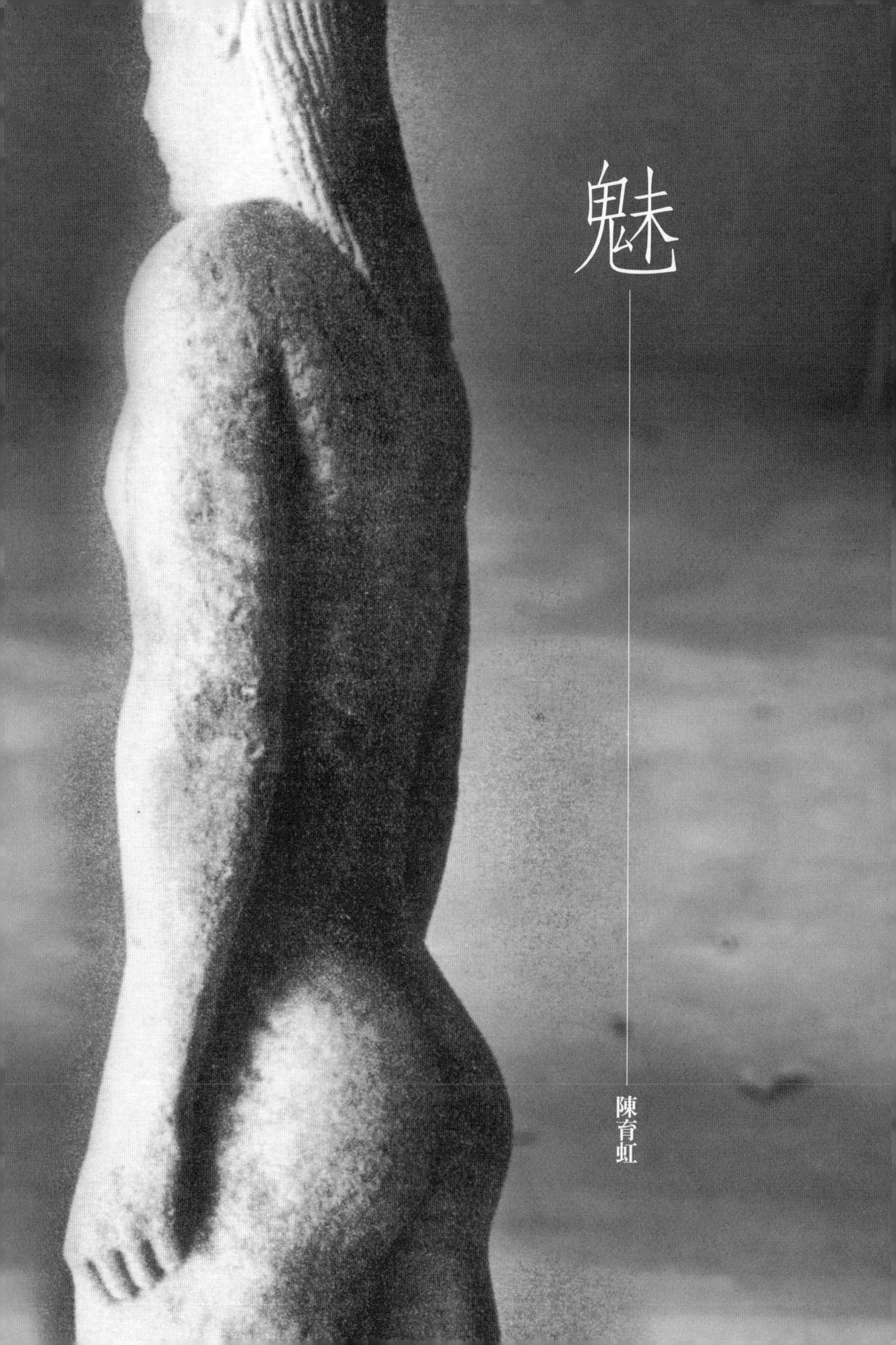

魅

陳育虹

and these, I know……

【序】

有一種鳥叫蜂鳥，原產美洲，初到美洲的葡萄牙人稱它們「飛翔的珠寶」（joyas voladoras）。蜂鳥的心臟只有嬰兒指甲那麼大，但每秒跳動十次。每隻蜂鳥一天要採一千朵花的蜜，可以飛行五百公里不休息，可以倒著飛，俯衝速度每小時六十公里。以地球上一般生物一生心跳總數約二十億次計算，心跳慢的，像烏龜，就命長，可以活兩百歲；心跳快的，像蜂鳥，就命短，只活兩年。蜂鳥為了應付快速的新陳代謝，需要大量的氧氣和熱量，因為消耗多折損快，它們最後大多因為食物不足或天寒而心臟衰竭死亡。蜂鳥瘋狂覓食，瘋狂地飛，一輩子都在向地心引力和生存的困境宣戰。

這是美國作家布萊恩．朵耶（Brian Doyle）一篇散文〈飛翔的珠寶〉（Joyas Voladoras）對蜂鳥的描述。從蜂鳥纖弱卻狂熱的心，朵耶延伸說哺乳類和飛禽類有四個心室，爬蟲類和龜類三個，魚類兩個，昆蟲和軟體動物一個心室，單細胞菌類沒有心臟。心臟或許各有差異，但所有生物，無一例外，都依賴體內大量液體不停渦旋流轉，以維持生命運作。他結論說我們內在隨時都在劇烈攪動，永恆攪動著。swirl / swirling。他用的是這形容颶風的字。

他說我們的心一生可以容納很多，每日每時每刻可以容納很多。但至終我們的心並不對任何人開放。不對父母配偶情人開放，不對孩子及朋友開放。我們頂多開一扇窗，自己卻仍然孤獨留在屋裡。這是沒法子的事。因爲心一旦裸開，就會被耙被掘，而這又如何承受？他說年輕時我們以爲可以遇到欣賞且包容我們的人，及長才知道那是幼稚的夢，知道所有的心到頭來都會碰撞得瘀青處處瘢痕累累，然後我們得靠時間或意志綴補它。但它永遠脆弱且一碰就碎，禁不起也許是某個女子的一眼回望，也許是嬰兒蘋果香的氣息，一隻背脊受傷蹣跚往深山待死的貓，或者老母親紙張一樣單薄的手撫過你髮際……。

像颶風一樣渦旋攪動的內在。脆弱且一碰就碎的心。兩年或兩百年。如果蜂鳥有選擇它會寧願做烏龜嗎？一千朵花蜜與五百里飛翔。如果烏龜有選擇，它會寧願做蜂鳥嗎？

想著。很多。

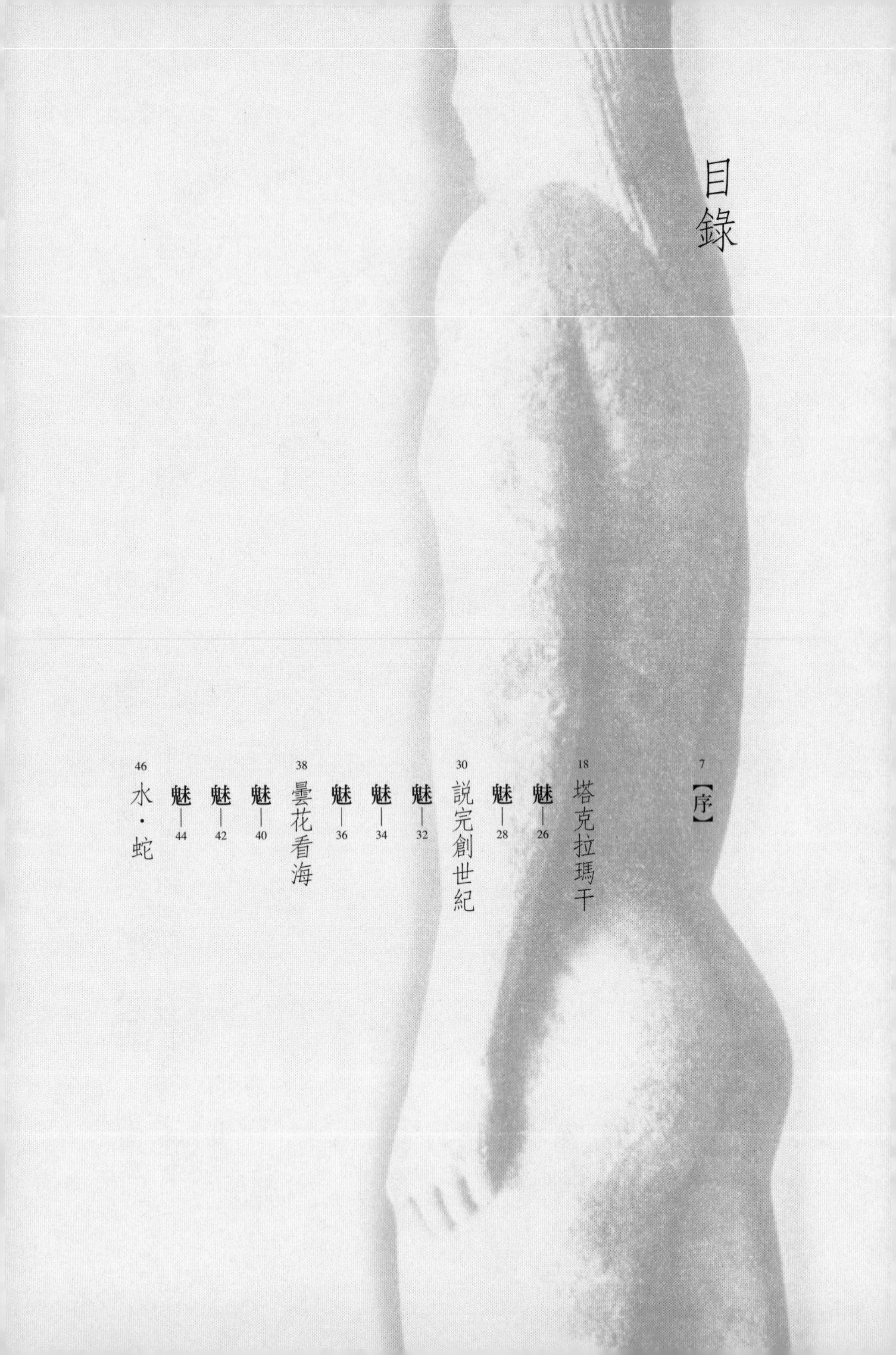

目錄

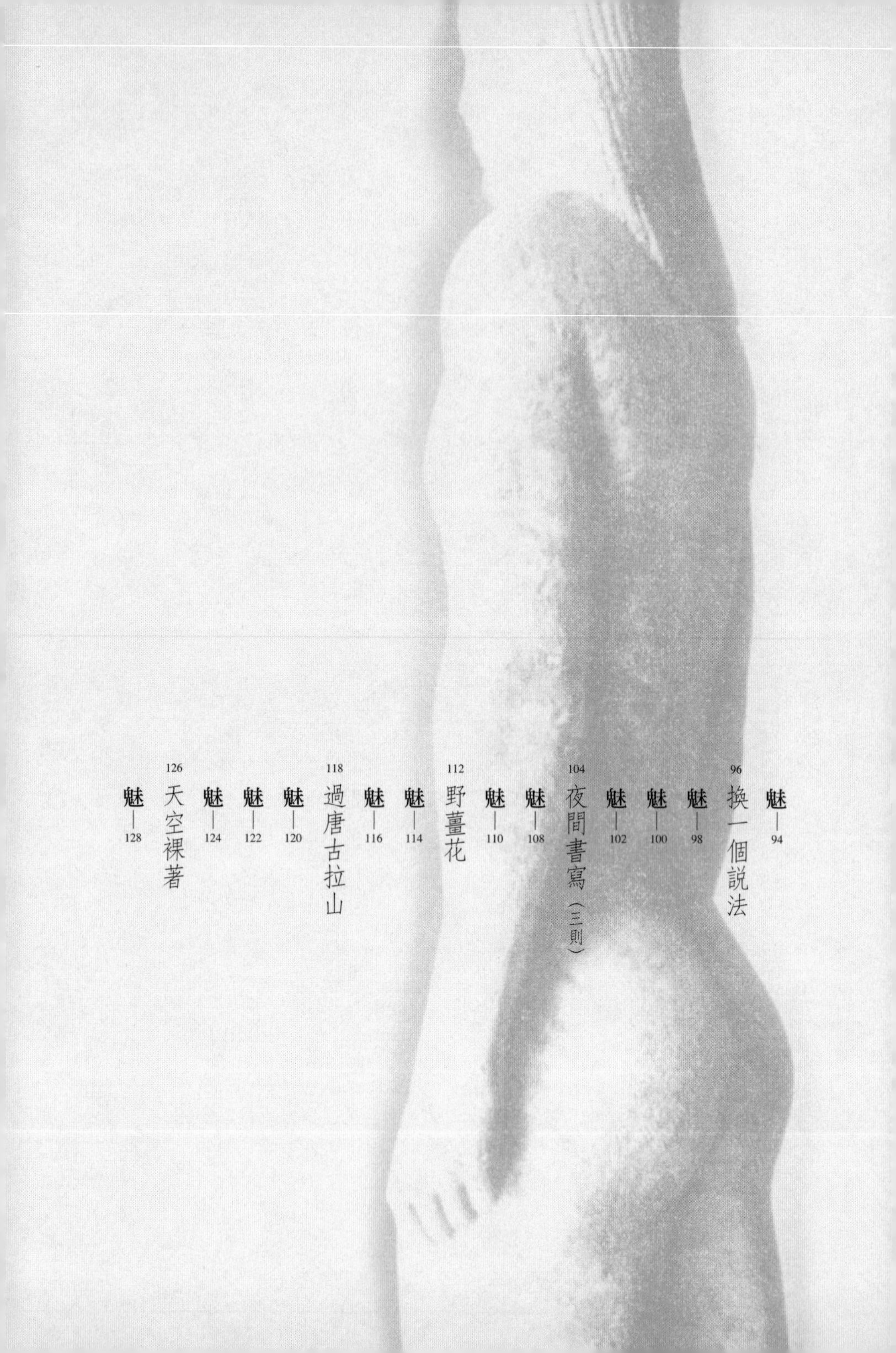

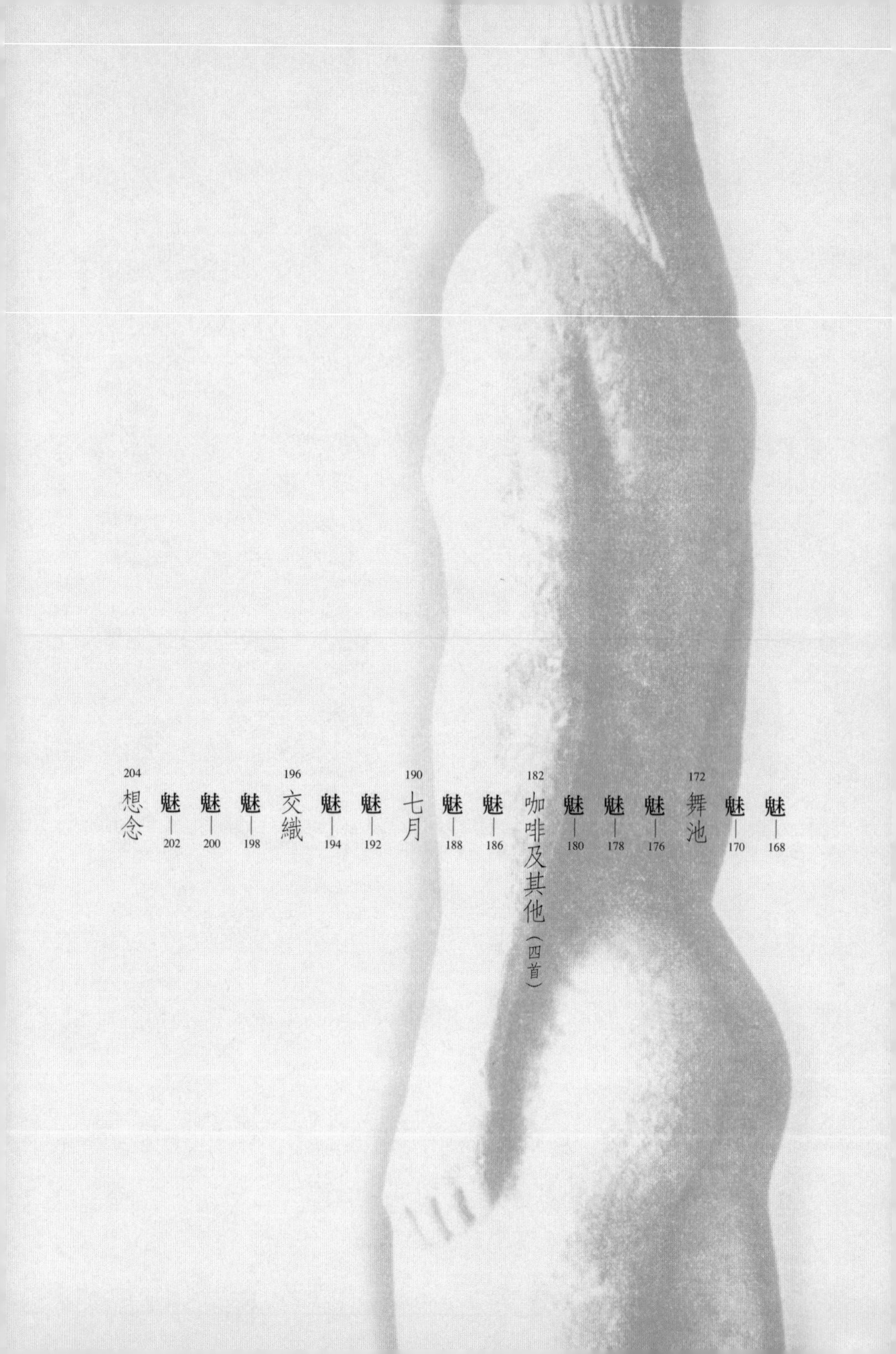

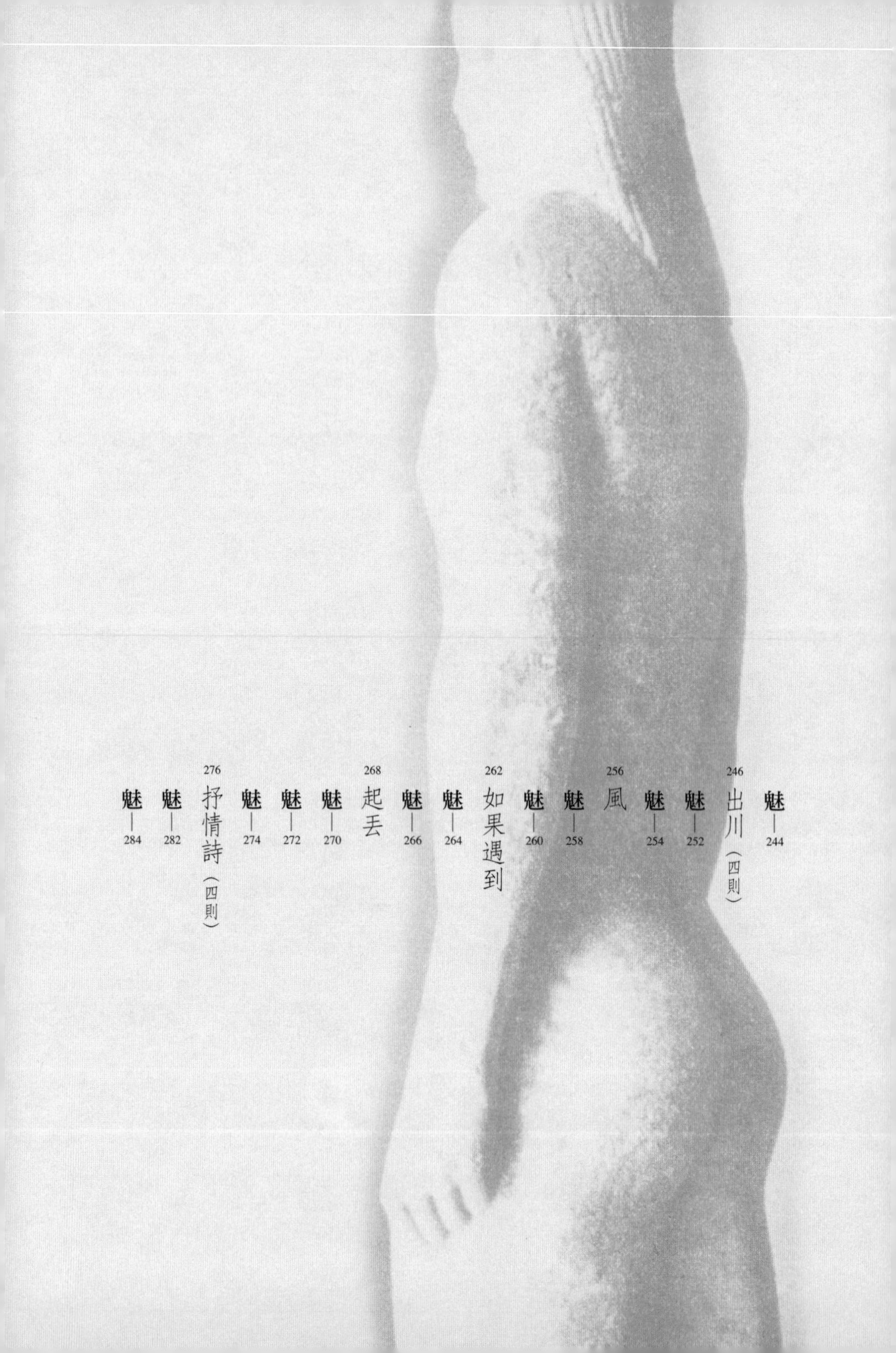

塔克拉瑪干

你從你的蕭索
我從我的單薄
我們相遇，在一個字的
慈悲

與風雨
我帶著那個字　去

。。。

一個字引我向你
我在西域，你在孤零的
島嶼，那凝固的淚啊

如果沒有其他法子，就讓
一個字顛簸
三千里，引我向你

。。。

戈壁與高原都不阻止
一個字在空氣裡
氤逸

你一呼一息
我一伏一起

。。。

抖落不盡的塵沙

如霧
我站在荒漠中央，站在
一個字的中央
迷失了

。。。

是蔥嶺
還是那一個字帶來
心悸
雪山八方逼問
我暈眩而
熱

。。。

那一個字必定也寫在
紅柳的單薄
在沙棗的蕭索裡
才留得那碎紅
暗香

。。。

沒有鳥飛過
胡楊苦苦等了三個
千年
三個千年
只為那一個字？

。。。

我也需要三個
千年
去活去愛
去說，去觸摸
那個字

。。。

如何在幻化的沙海
生根，在化幻的時空
如何記得
那一個字

如何讓一朵花
藉一個字　活下去

。。。

一隻蝶在葡萄藤的
纏綿裡逡尋
用顫慄的翅膀靦腆說著

那一個字
而另一隻蝶竟聽見了
光影般飄近

。。。

我也聽見了

切切的彈撥爾
涼涼的淚
塔克拉瑪干和一個字
的遙遠

。。。

而你在哪裡
我已經翻越火焰山與
死亡之海
任憑那一個字
引我向你

註：「彈撥爾」爲新疆維吾爾民族獨有之彈撥樂器。木質，五弦，具一長柄，長柄底端有梨形共鳴箱，樂者握柄以撥片撥彈，用於獨奏或伴唱。

每天醒前，沒完全醒前，腦子裡常有些迷糊的念頭。一直習慣在醒來後回想，知道那就是自己當時最放在心上的事。最近都是這些。半夜站在窗口看後院相思樹上的星，有一顆很明顯的總是在那位子。〃而稍晚／在衆星下又如何呢？那更深奧不可言說的衆星們？……〃里爾克說。生命很窄但連在這窄小中都有太多不認識來不及認識或永遠不會認識的事物包括眼前的星星包括後院裡叫不出名字的花草。注意到牆腳一株香蕉已經抽到腰高了，葉子油綠半舒半捲待會就下去摸摸它。

沒有路的小路到底是不是路？是沒有（出）路的小路還是（彷彿）沒有路的小路？昨天試走條小路，天漸黑原路退回淋了身雨，改天再試。想想想但不多想了想得亂。眞希望隨時看得到聽得到海，那是一部心經，等明天吧至少。情願明天更近些。永遠好遠還又加一天可能永遠不到了啊。藍貓在吃酢漿草很專心…明天是多出來的唉多好的說法。未知未完未定。最好的狀況……。畢卡索說他的畫永遠未完因爲完成就是結束。他不要結束。但他現在在哪？那些未完的畫非結束不可了。「永遠的一天」小男孩的話讓人心疼「我送上我的淚水……」「海洋那麼寬闊，我們將往何處？…」這何嘗不是亞歷山大的話？而昨天眞的還在嗎明天會持續多久永遠又是什麼？……

說完創世紀

說完創世紀天就亮了日與夜陰陽與混沌還沒有釐清命名的悸動還沒有平息
愛與原罪還沒有收拾紅檜以一百隻眼環伺你
創世紀之後梅雨就來了天琴座的弦飄送顫音紅檜以一百隻眼古老的眼神
回應你的雨季眼波如黑潮游移

這雨季連螟蛾都預知了躲得老遠門邊的燈只留住自己的影子只留住驚慌的
不停飛撲的雨雨雨
而陰陽仍然混沌仍然日黏貼夜夜黏貼日創世紀之後愛與原罪仍然仍然
因為不能是其他因為不能不　然

……//視覺作品已經完成/現在輪到心靈作品/爲所有那些圖像，那些被禁錮在你內裡的物種！/你征服過，但至今仍不認識它們。/看啊男人，往內裡看，看那在你內裡的女子！——/那些得自千種風貌的物種，/那些剛剛獲取，而從未，/至今尚未，珍愛的物種。//這是里爾克一九一四年六月寫的〈轉變〉（Turning）。我的英文版譯者L.B.Leishman和Stephen Spender以這段詩做引子介紹《杜英諾悲歌》（Duino Elegies）。十首悲歌從一九一一年十二月寫到一九二二年二月九日下午六點（里爾克告訴杜英諾城堡主人瑪麗公主），從德國寫到瑞士再到西班牙終於完成，中間經歷一次大戰。寫完里爾克說該他說的話他都說完了，他眞正的工作已經完成。喜歡他的分類：視覺作品與心靈作品。

明天又變成今天了。今天有多出的幾個鐘頭。剛才迷糊睡著忽然又醒，想這一段果眞是修行。一生一會一會也是一生，繼續往下想生離也該當作死別。是要訓練我們灑脫呢你說是不？這兩天總下雨原來七夕近了，到了。七夕橋上見眞是從何說起……下午和朋友見面回到現實，一離開又回到自己。喜歡回到自己就算只是作夢。你會和我一起作夢嗎？只想在現實之外偷一些時間。現在也是作夢時間。人生如夢如果有人同夢如果是這樣的夢倒也堪忍。謝謝擔待夢話。爲什麼是你但也只能是你只會是你。不忍你熬夜也只好忍了原諒。八月八月從來不知八月是這樣的…輕手輕腳無聲無臭如果有隱身衣多好

人生好像就是這樣。現在似乎看不到盡頭匆匆一切又都成往事。多少年後我們該如何看待這雪？是否像我們看待前人？可恨我們現在沒法問前人將來也沒法問後人。往事與前塵竟或許又是一體。那樣我們又能多做什麼呢？要怎麼才好呢？爲什麼寫詩？如果詩是引子更往前的因是什麼？才說心裡有分定，錯了。想把腦子放果汁機裡打　碎　算　了。心也放進去打碎算了留著何用？……情人，詩人，情，詩。問世間情是何物。深想想答案是驚人的：情是一切。……佛說十二因緣法受愛取有生死，受與愛是最重要的轉折要不也沒有下續的取有生死。因爲受而愛而取而有而進入又一次生死輪迴是不？這麼清楚而無奈。問題是種種道理理智都懂但心不願意所以才想到果汁機……現在不知腦筋清楚還是迷糊。一屋子黑。這樣的空間唉。

曇花看海

已經在這裡站了多久
看了多久呢
裙襬撩撥著千堆雪
劉海讓風吹亂
我想像你站著看著微微暈眩了
已經把自己看成一朵浪

你看了多久呢
連夜都開始不安了
你探出指尖安撫夜像安撫一隻貓
我想像你是水象星座的花
未成形的珊瑚
剔透　接近流質

說你是夜的花嗜夜的花
一夜的花
你就站在仙人掌心
用整個夜晚一微米一毫米一奈米
懶懶伸腰以海蜇的輕巧
（並且以手托腮）

說要看月亮起落看一個夢流轉
看欲念去來終於知道
已經是一朵浪
瞬息凋萎沒入蔓藤的海
星宿的迷情也深藏
彷彿藻草交纏　再也解不開

也迷惑也怕，不見也知道就好。眞是磨難但願上蒼了解我們無心傷人但也許無心也是傷。不要你太困擾。安心。說是時間還長其實自己也沒把握，多半只是安慰人。還是不確定這事該怎麼下去。確定的是希望你快樂但連自己都不知道怎麼才能快樂。如果連見面都難連見面都難也沒人可怨就是這樣了。見面也難想疼你也沒法子只能要你不煩惱。也不知說些什麼院子很亂也不知怎麼理。颱風過後海也不知還藍不藍。就是這樣了。夏天還有多長還有沒有那樣的太陽那樣的心？那麼好的八月就這麼過了也不知該怎麼辦。……除了平靜其他快樂都是脆弱的。剛才忽然有這樣的聲音浮起不是你的聲音吧？或者是。好難好難還有好多夜晚要想還有好多事要想。說時間還長不如說要等待的時間還長。就是這樣了。絕望的星期四天氣好得讓人沮喪。下午看著後院不忍離開，孩子在家而母親的心不知在哪。
在很遠很遠很遠很遠。但孩子不會知道不該知道也許也許以後。院子一片亂除此
已經看不出颱風跡象，而這亂不久也該會收拾好那時就沒事。生命裡許多災難不
也這樣，也許稍稍更費時些。你總在起伏飛墜的念中總在念中而李賀唉李賀不知
在哪。

「痛苦，一個眞實的字。」茨維塔耶娃寫著。有時候一個字就是所有的字。我怎麼可以一步步往下走怎麼可以？我在做什麼？有沒有比較不痛的方法？//而我們總以爲/快樂會不停往上攀爬，/幾乎感覺吃驚/當快樂往下深墜。//里爾克說。痛。痛。也累。累。完全不知怎麼辦不知怎麼冷靜。錯了錯了不該寫詩。不熬夜可不可以？不修行可不可以？逃走可不可以？都痛。都痛。已經準備給自己上麻藥。把交感神經割掉可不可以？//但當我俯向自我的罅隙，/似乎/我的上帝是黑暗的。/像一個網，成百的根/默默吸吮。//這是我成長的酵素。//里爾克不停不停說。而我們該頑抗掙扎還是溫馴地俯首？事情該是簡單的。任誰都會說停。停。爲什麼不停戀著什麼？這次的撞擊那麼大讓我害怕也謙卑。想讓你快樂也想

讓你平靜不知該如何。快樂總是極速往下深墜比里爾克說的還快，但總希望你快樂多一點久一點。不想多想停的事不要盡頭不要黑暗沈沈你又讓我難過了也許停下是因爲被水淹死了討厭提到淚水保重吧不然怎麼活呢不然不停也得停了太陽照得雲都花了都化了你在太陽下嗎……

不知天高地厚，像一個外科手術醫師，自以爲完全了解人體，冷靜地一次次操刀解剖，而終於有一天自己病了，在手術台上命在旦夕才知道自己甚至連自己的身體都不懂，這是給一個狂妄醫生的血淋淋的親身經驗（不願意說教訓那樣更不堪了）。說得太坦白不過還需要隱瞞什麼呢？除了這一點點眞其他還有什麼能給？以前看電影說故事現在自己在台上。舞台手術台都一樣我認罪了希望上蒼悲憫像你說的姿勢不要太離譜唉這是什麼世界。快樂快樂快樂快樂快樂快樂快樂快樂快樂快樂…把這兩字當咒語唸進心裡也許就眞會快樂了……很自私很歉疚很辛苦很莫名其妙亂七八糟但好像就這樣了如果沒有其他法子不傷及無辜不傷及無辜也要當咒語唸如果沒有其他法子…

水・蛇

還是滲進來了
平靜無聲似乎無害的水
游進來蛇一樣游近你腳邊
彷彿一道不確定的光
從門縫窗隙
從清晨五點的薄闇
再怎麼封怎麼鎖都擋不住的
一尾
一
尾
蛇
慢慢迤集濾散以你
不易覺察或故意忽略的曲線

彷彿不到一刻鐘或竟是
整整一生
已經漫過你腳心你的
心溼了大片但也來不及了
風急雨急也只能看著
這滲透這不確定
平靜的光這水一尾
一
尾
蛇
無端地幾乎帶著安撫性從門
從窗從靈魂每一毛細孔
游　進來

剛才夢到我們靠近坐著感覺很眞也許那樣也算見面了。會一直惦著也是沒法子的事。其實早已忘了惦念人是這等情況算是又學到…。明天橋上見…還沒有變成星星之前總算不是七夕也可以橋上見。說八月如夢說的是那份情迷，其實每個發生心裡都清楚，讓它發生因爲知道這契合難得，多少年後我們會怎樣回看這夢或者夢就這樣持續持續到我們都忘記的年歲。那時我們還會說怎樣的話還會記得李賀記得這些多少多少年後？而九月會是怎樣的九月是長還是短快還是慢會發生什麼或什麼都不發生只是一天加上一天？除了身體除了心現在也重新看到摸到每個日子，發現時間居然依附著人藏在身體在心裡很奇怪的發現。眞的是九月了謝謝永遠的藍色的八月有詩有海浪的八月有你的八月水滲透的八月八月如夢。…mystery

迷離不可解之事。事情非這樣而不那樣發生，不可解的事。生命不可解因緣不可解。還有呢？也想到另一個字blueness。藍是可以拿來討論一輩子的話題，還得把腳丫舒坦坦蹺得老高才好。是兩隻可敬的海鵝完全活在當下。哪天我們眞沒話可說了就去問問海鵝怎麼辦。Al Purdy 很迷人是不是還有那隻閃進月光的火狐……

詩人像裁縫師是葉慈說的，詩名〈亞當之咒〉（Adam's Curse）//一行詩或許用掉我們個把鐘頭，/但如果它不像來自瞬忽的靈思，/我們縫縫拆拆拆拆縫縫的工就白費了。//Czeslaw Milosz說詩人是祕書//我最多不過是個祕書，記錄下那不可見的/口述給我及少數人的情事。/祕書們互不相識，走在自己/不甚了了的大地。從一個字句的中間開頭/或者用一個逗點結尾。筆記最後的樣子/不是我們所能過問……//詩題就是〈祕書們〉（Secretaries）寫於一九七五年當時詩人六十四歲。

想著。一早剪下九月第一朵玫瑰桃紅色因爲瘦所以不俗有淡香美極讓人滿足

天空濛濛的燕鷗灰加一點蛋青。想想想。剪下九月第二朵玫瑰白色最好的顏色愛它大概可以活三四天。勞倫斯說愛情就像花不凋謝的絕不是眞花。說得斬釘截鐵像上帝說話沒法反駁。就不反駁。一句可愛的話//…詩像是/一個夢弄整齊了，理清了。//一個夢刷洗乾淨了，送去上學。//美國詩人Maxine Kumin的詩。說得多好夢要刷洗乾淨才能送去學校，如果不去上學呢…去海邊就算三兩日也好，用三兩日換些亂世的記憶，亂世確是亂世抗戰不知要幾年。忘了誰說的愛就是失去失去自由失去自己沒錯但還是不服氣失去自己怎麼可以。不過至少已經失去一公斤自己。昨天提到龐德說：「只有情感不朽…除了情感的質，其他都不算數。」當然他談的是詩。在同一個城裡卻像更遠也只能想想只是無奈不知要說什麼南邊

333795.5讓人還陷在沙堆覺得被浪帶走許是更大的幸福不知算長還是短的海聚不知該感謝哪一位神思之欲淚是生命裡永不會被取代的一部分……不知以前的人隔著山水年月怎麼維繫那份情想是死心塌地的那種無悔唉。或許所有的掙扎都爲成就詩吧那樣戀人們就是詩神的祭獻了撕扯也罷思念也罷失措失落也罷我只想著遙遠昔日戀人們如何等待我們總也強過那樣的年月。

這些（五首）

一・傾斜

整個下午是傾斜著的
徐志摩與陸小曼
燒夷彈自右舷45度角射來
潮水絮絮叨叨
與這一切不相關

雲傾斜著
觀音在山頭高臥，與一切
不相關，不置可否
你無名指上的傷口
隱隱記得早晨的戰亂

你的意念傾斜著，不得不
傾斜
郁達夫與毀家詩鈔
微苦的紫羅蘭花茶
風愈焚愈烈

沒有什麼不傾斜
你的交感神經擴張著擴張著
輕輕觸碰的傾斜
吻的傾斜
下午的傾斜

二・神話

世界據說是這樣開始的：

那創生萬物的女神自混沌中甦醒
四周一無遮掩一如她坦露的魂魄
她甚至沒有落腳的處所
於是她把海天分隔在潮浪上孤獨地旋舞
她舞向南方一陣北風尾隨而來
她好奇地回眸顧盼
北風的清新激起她的欲望
於是她不停旋舞捕住那陣風
將它握在手心呵護揉捏著那無形的風
終於化現一條巨蟒
她繼續旋舞愈舞愈烈愈舞
愈熱直到暈眩直到巨蟒無以自持
將身子圈圈環繞她微汗的身子與她歡合
世界就這樣這樣開始了——
但這不是神話是

預言此刻世界仍然暈眩仍然
無以自持你和你的巨蟒仍然膠著
在海天的膠著世界還沒有
現在還沒有開始

三．雕像（Kouros fromTenea*）

冰冷大理石釋放出的
那古希臘男子
雕像，如此卓然出現你眼前
第一尊，最初始的
穩穩南面而立，輕舉左足
往前邁出
第一步，足尖剛要著地
身軀全裸經過打磨

手腕膝蓋各個關節儼然吻合
解剖學原理，體型精瘦
而結實：胸肌腹肌股四頭肌
眼耳鼻唇柔潤
如生
這是一次藝術突破——
但這些都是假話
那不是雕像，是真真切切的
男子，在你身側
窗外的太平洋洶湧沈默
你在潮浪之上如浮橋起伏
一再捲高、拋下
其實沒有風，是心是心
漾蕩著不想靠岸
窗前的火鶴比日照烈比彩雲紅

你是躺著的另一尊
雕像，情不自禁的千手
牽手觀音

四・這些

這些，你們會記得吧
軟珊瑚的枕堆與滑溜的鰻
火狐潮熱的穴、理之還亂的
鴨絨被褥以及異鄉
不歸的夢
那再刻意隔離終究
相濡的同一床海，洪荒以始
也沒進化也沒退化的
同一對男女同一種情愛

（這些，你們會記得吧）
大葉欖仁用渾圓的臉迎向
午夜的雨、閃電
棕櫚學你們裸著腿肚
傾斜且陷溺於
無意挽留誰的海岸
更多時候你們是優柔的砂岩
就要經風蝕空而仍然
仍然以章魚的臂膀、姿勢
相互盤吸不放
之後是哭泣的湖，排灣祖靈
諒解的凝視
野薑花與茴香，咸豐草與
不忍離去的鳳蝶
這些，零落異鄉的氣息

你們都會記得吧

五・如此

如此海仍在繼續堆砌
其實是退潮了
一堵堵牆片刻築起、傾斜
片刻頹倒
波瀾如鷹架崩解潰裂
拍擊出白熱火花，是退潮了

海彷佛某種易燃物
火花順著風一路引爆
要燒到太陽的髮際了
其實是已經

日落——
事情約莫就是如此

你是那貪歡多夢的
如此你看著這浪花這潮水
這落日徒然的這夜繼續
看這片刻不肯歇息的
海的心，如此
你仍在繼續想著

註：〈三・雕像〉：Kouros from Tenea（提尼亞青年男子雕像），西元前570年希臘大理石雕像。高約六十英寸，現存慕尼黑。

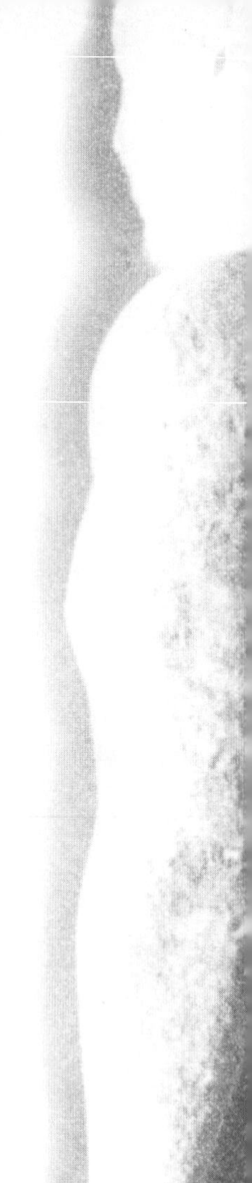

……閉關憑什麼閉心一團亂整天開車在山裡轉罷了。閉關只是對自己再次失去自主或自由最最微弱的抗議。等等等終於決定都不等了讓自己的心自由偏又開始等。昨天半夜醒了寫魅一想又刪掉。閉關也只是躲很笨的躲法。躲。但說這些有什麼用。加上看到艾特伍那句〃被愛的欲望是最後的幻覺〃放下它你就自由了〃那年詩人四十三歲在孟買。我曾經比她更清醒現在好像全亂了。也許這顆心會永遠這麼擺盪你受得了嗎？誠實面對承認深陷多麼難但如何否認又如何接受？總是想到你說的是情所願非理該當唉不去想了我們就一步一步走人生本來也就這樣…這該是最後一道習題好像也最難解啊數學數學要被當了矛盾到了極點唉你碰到的這人我也嫌她煩決定放逐她愈久愈好愈遠愈好就送去水星好了大家清靜離世界末日還有多久呢如果一切在這時都停止不是也很好也沒什麼遺憾沒什麼星期幾不星期幾了是不是好抱歉讓人惦著下次不了但也沒法保證怎麼辦呢

雨下雨下雨下雨雨雨。山也溼透了月亮也溼透了秋天是水做的。眞是中秋了我在中秋之外離得很遠那冷也是冷淡的冷。茨維塔耶娃的感受深深了解也不爲她惋惜。那麼眞那麼直接的人用最眞最直接的方法結束一切只是必然。秋天秋天我是知道的張愛玲說回不去了也是茨維塔耶娃的感覺秋天的感覺。還是看到漢白玉的月凌晨三點半在相思樹右方三十度角時隱時現。淚與亂與憾一定不免但相契相惜的情僅夠平衡那沈重：孤獨感也不能免且更深了無奈且無所逃於天地但沒事這是必定得自己應對的只要你在遠處望著就好有你就好該滿足的……再去看漢白玉不能想像十個中秋但也不能想像回到心靈的獨身眞的眞的回不去了但願珍惜就能長久但願

我告訴過你

我告訴過你我的額頭我的髮想你
因為雲在天上相互梳理我的頸我的耳垂想你
因為懸橋巷草橋弄的閒愁因為巴赫無伴奏靜靜滑進外城河
我的眼睛流浪的眼睛想你因為梧桐上的麻雀都飄落因為風的碎玻璃

因為日子與日子的牆我告訴你我渴睡的毛細孔想你
我的肋骨想你我月暈的雙臂變成紫藤開滿唐朝的花也在想你
我一定告訴過你我的唇因為一杯燙嘴的咖啡我的指尖因為走馬燈的
夜的困惑因為鋪著青羊絨的天空的捨不得

來生來生現在對我似乎已經是另一生了因爲原本沒有期待什麼原本以爲生命就是這樣了這已經是另一生了。感謝不管哪一位神雖然祂也讓我流淚。在誠品喝咖啡逛一個晚上不知是什麼經驗。咖啡加上書加上夜晚加上你等於等於不可能……開始想像一個面海的小房間站在陽台聽拍浪嘩嘩而愛海的人不必再流浪//無夢/如何是詩人//Louise Gluck 說。艾略特爸爸覺得「詩不說服，它讓人感受並看清。」我想把詩字換做愛字你說呢？

喜歡很多很多喜歡喜歡不講文法沒有逗點句點刪節問號喜歡一直一直動詞被動詞
主詞副詞介系詞喜歡很多不一樣的喜歡早晨中午深夜醒著睡著語無倫次一直一直
喜歡下去天好得讓人不想踩油門一路四十公里剛到家想想想

超現實石室

整個下午你們把陽光團團圍在頸項
傾聽海荒煙蔓草的笑聲
你們被季風五節芒的披針刺透
油晃晃的油菊花錯落山坡
你們以為是十五的月錯落一地
但月亮有其他想法
從紅磚大小的天窗直接竄進你們的床
啊月亮月亮
讓海漲得飽滿的月讓海呻吟的月
詩人說戀人只需要一張床

於是夜晚你們隱身超現實的石室
不死的石室
彷彿隱身堅固的夢

木條窗搖晃晃擋不住風擋不住海的笑聲
笑聲拍擊著夜拍擊了一夜又一夜
拍擊著無意識潛意識前生今世拍擊
最幽深的想念
而戀人在床上自動書寫
一張床錯落落油菊花的月色，暖暖的
海浪的被子

作夢過平交道。遇火車。柵欄放下。火車過又起大霧。車停著不能繼續開。明天應該晴天不起霧。要記得拍三十六張照。從額頭到腳跟一張張拍。讓他作拼圖。

想著念著已經十月了

清早走山果然秋天了。藿香薊款冬紫背草野當歸都開花。當然還有躲也躲不掉的咸豐草一路白著。忽然知道秋天的同義詞是想念。想念的同義詞是寂寞。我們其實偏在捨近求遠解不解的題。偏在走難走的路陰晴不定的路沒有的路走也淚不走也淚的路。這是條必須的路捨不得的路遺憾的路。我們也許永不能相互應許最多的時間但可以應許最眞最好的時間。讓遺憾是美心痛也是美讓一切只是無悔多少年後再相互取笑做過的傻事說過的傻話。如果我在旋轉馬上不停繞你會站在原處讓我一直看得到嘛？

手術

這是手術同意書
這，麻醉同意書
請在右下角填妥日期
簽名，寫清楚
你的病史，過敏史，羅曼史
稍晚有人來取你的血
掃射，不，掃描你的心
肺和肝膽
用X光透視你的腦子和鎖骨

你得先一日理淨毛髮
必須赤裸裸的，必須脫除
指環、懷錶、眼鏡
一絲

不掛
手術台當然有些冷

我們會依照症狀
切斷、燒斷你的交感神經
以後你將不再汗溼
不再交感，在不合適的時地
手術當然有風險，我們
會避開暫時或永久的併發
或傷害
以及肺不至塌陷
以及心不至停擺

另外，
這是輸血同意書
你不可能過量出血，這只是

形式步驟
麻醉醒來就沒事
別怕，不痛。

太陽大風也大他在不知哪的鄉鎮道路上。距離很遠並且彎來彎去愈來愈遠是往東還是往北一路那麼長都想些什麼呢？有飛機隱隱飛過也飛過他的上空嘛但他不會注意到吧。太陽在陽台頂端馬纓丹和金魚草的影子細長垂在白牆被風吹得搖晃。影子比花草好像更好看了。想著想著怎麼樣距離才會近些呢就是現在仍然詫異這份情像是虛構的幻夢故事但又確知人物是眞實的感覺是眞實的一切點滴波動是眞實的心跳與眼酸是眞實的。唉那麼遠又那麼近。見不到的遠隨時出現腦子裡的近

面對創作藝術家要不怕交付出他最脆弱的一面。面對愛是不是也是這樣，把最脆弱的一面裸裎著，把自我毫無保留交付出去？想像一朵花把自己全然展開的勇氣與信任，只有展開才能迎接才能感受陽光空氣和雨露…色聲香味觸所有的印記如此鮮明讓人不能閃躲不能不想念如何能不想念至少還有想念至少還有等待另一個時另一個一樣或不一樣的地如此想念與等待竟是往前行的支撐了……// 妳把髮梳遺忘在妝檯。/ 星星爲證，/ 我不會把它還妳。// 希臘詩人Yannis Ritsos 的詩。都不還都不還了

星沙

馴服我吧，海
礁石說
一如那疲於獵與被獵的狐
靦腆地說馴服我吧
外星來的王子
馴服我，一天靠近我一吋
一天一吋直到我們
相屬

（你最好
每天
同一時間來，那樣
時間愈接近我就愈覺得
幸福
狐狸說）

海以七種藍色回答
以七音步抑揚格
多變化的韻尾，有節奏地
靠近，一天一吋

一天一吋靠近
我看見狐的眼瞳奔放出星光
腰身流線般隨風舒展
不再孤聳
如礁石

它髮茨的星芒任憑我腳尖
觸撫
靦腆的沙啊

你是不是那匹寧願
被馴服的
狐

感官每一種接觸堆疊起來的記憶中那人的額眉骨鼻梁頰唇耳朵頷髮際頸肩臂腰小腹以至動作聲音眼神指握都在心最底處穩穩當當不會遷變也熨貼在心最頂層一呼即現且是立體的身歷聲的有溫度有肌理的這是多麼奇怪的記憶經驗眼耳鼻舌身意從來不曾這樣記憶任何其他人但就是這樣記得他想著他是身心每一種感知的記憶與想念唉…時間在想念裡清楚過去一時一日一旬一月不一樣的切分單位……。是誰的詩//她的眼睛/落在我身上/像灰色的秋雨//那戀人有灰色的眼睛。現在如果有雨應該也是灰色的但晴天無雨不然該也有藍色的雨。藍貓不知躲到哪要去找牠陪讀屋裡好靜

你好嗎好嗎？不想還是想。這問題和睡覺習慣一樣壞了。山上風大鐵皮屋頂一樣沈重的天且還漏雨，今天沒法走路要做什麼呢？沙特叔叔說戀愛是掉進半液體半固體黏滑不穩定的但也不流動不抗拒的柔軟的可壓縮的蜂蜜裡讓人失去邊境，那黏性像水蛭是個陷阱。沙特叔叔說他寧可掉進水裡，因爲在水裡人至少還保住單一完整。說得沒錯但水怎跟蜂蜜比？

換一個說法

換一個說法
換一個詞
清晨兩點有霧
颱風攔截了山櫻的消息
地震，海嘯，梅雨季
相思樹吃掉天空
藤蘿吃掉了相思樹

貓，胃酸，缺氧的魚
亂碼或火車
出軌，沈船或熱氣球
換一個說法換個詞
每隻飛蛾都在找自己的
燈，每盞燈都在找

自己的路
每條路都是單行道

沒有什麼可著力
小販和打結的饒舌歌
情侶和融化的冰淇淋
鷺鷥抓著潮水不放
黑眼圈的雲夜半又失眠
你不能來，換一個
說法換一個詞，想念

磨得出月河滄海玉煙鮫淚的該是水磨。溫柔的水磨溫柔地磨那人似水的溫柔答應了不反悔。阿波里涅的雨是這樣開始飄的雨飄落女子的聲音彷彿她們已死甚至已死在憶中唉那樣說不出的迷惘的美。被怪夢弄醒大概因爲昨晚看塔羅眞眞是個充滿想像意象象徵的古老世界。人類那麼古老積累那麼豐厚爲什麼沒有變得更明白。也許因爲我們遺忘的基因強過記憶。如果累世的記憶都清楚留下不知是什麼感覺。也許能遺忘更好。遺忘是清理。而想像。王爾德爸爸說愛情必須以想像滋養你說呢？以虛幻滋養虛幻嗎？王爸爸也說世間只有愛情與藝術兩件要事。恰恰這兩樣都需要想像。不能想像沒有想像的世界但你不僅僅是我的想像吧？

蟻丘別踩那會咬得人發燒的火蟻蟻丘。那些關於愛與時空問題的火蟻蟻丘。想念（是不是也是蟻丘）喜歡（是不是也是蟻丘）哪裡有安全的草地。怕太倚賴怕變成負擔但還是了。以後盡量不近蟻丘不光腳閉著眼胡亂走。是誰說的不安來自恐懼怕極倚賴太倚賴怕極那之後更無以應對的空幻想得心疼原諒……那讓人憂慮的牽掛的但除了這些傻話還能說什麼呢。磨人的人反悔了要繼續磨人用傻話一遍遍磨像磨一尊石雕輕輕磨磨磨可以嗎可以嗎。這些傻話祕密的話心底的話許久許久不說的不願說的說不出的話現在一遍遍說一遍遍說給那人聽怕說少了說少了補不回不知多久遠前該說未說的那人不可不聽。而人生人生是分分秒秒的此時此地彷彿海天遇合那短暫無可取代的一剎是不是呢。而其實每天都是世界末日許多相對世界個人世界的末日是不是。我的世界到了末日會有機會跟你說喜歡嘛還是現在多說些再多說些喜歡喜歡喜歡喜歡。多奇怪的感覺一棵怪樹什麼時候根扎那麼深那麼密不是該才冒芽嘛是什麼樹你給個名字。十月不好十一月我們去說喜歡喜歡喜歡……山海孕育的合歡唉你把我的心又帶遠了天那麼藍你給我過來

apparitionghostspiritshadowsoulillusionspecterhallucinationphantomdreamshadefantasy.
delusionvisitantspookumbrahaunt遊魂果眞是遊魂所有不同的字指向同一捉摸不定的
屬於夜的飄浮的私密的無聲無臭的彷彿不存在的無法參與的失溫的失重的偏又分
秒感覺著期待著的所以分秒警醒分秒無法安歇的如此你果眞是不應存在的深陷時
空與情愛泥淖的錯誤的　幽靈

夜間書寫（三則）

（之一）

連你的魂我也要一遍遍寫遍
用你憂慮的我困惑的唇描寫你眉心
鼻翼肘彎腹溝描寫你的眼
以及最要緊是你的魂
你的眼微闔著你在看什麼？
風大浪大除了菅芒海邊已沒有餘物
我也已經沒有餘物
彷彿想擺脫自己的菅芒消滅著消滅了
你的眼微闔著我用芒花的輕芒花微顫的舌
一遍遍寫遍最要緊是你的魂
在最隱密處捺下鈐印
你看見了麼看見了麼

（之二）

一行又一行轉注
動詞被動詞逗點或句點漶漫的淚液與唾液
一串不應該的問號沒有典故的引號
單數複數陽性陰性
睪固酮與雌素酮隨意肌與不隨意肌
以及舌的淪陷耳的傾圮眼神鼻息的出離
主詞受詞關係代名詞
前世來生現在過去式
時間的錯置空間的誤植以及心的
心疼的刪節號——破折號
規則不規則及物不及物顛倒夢想的句法
我的一行又一行假借

（之三）

有時我用菅芒蘸了夜汁的髮書寫
你沈睡了月光的身子平靜無褶
手工而復古樂府詩的觸感
我輕輕研磨你眉宇胸腹上下轉折
且懸腕
寫蜀山與南海之歌寫輪迴之歌
你身子舒展如絹帛柔軟
兩個漂泊者就要出發
我漂泊著散亂了髮不成書
噢芒花啊芒花現在又風大浪大
你說你來任那芒花如狂草揮就一幅渾沌的
夜之將盡

……翻到Octavio Paz詩集《輪廓》（Configuration）一首〈觸〉（Touch）∥我的手／打開你生命的帘子／以更徹底的裸露覆蓋你／揭示你身體的實質／我的手／爲你的身體創造另一身體。∥另一首〈此地〉（Here）∥我的腳步沿著這一條街／迴響／在另一條街道／在那條街上／我聽到我的腳步／穿越這一條街／在這條街上／只有霧是眞的。∥詩人沈靜的文字下爲什麼總有血紅的聲音響著不規則地持續地響著響著響著

就不停不停說說說說心裡的話血裡的話火一樣飄水一樣盪的話說熱帶叢林的話蟒蛇或蜂鳥的話流星雨的話瀑布的話說細胞對細胞說的不讓人聽懂的話說一千零一夜的話夢話魂話想念的話喜歡的話不管天玄地黃生老病死的話不停不停說不停不停海浪的話抹香鯨的話說不完的喜歡的話那人還在聽嘛

野薑花

多年生草本的記憶野薑與你蟬嘶緣著九月攀爬陽光隱隱彷佛你的棉衫
天上有雲笑摟著山腰所有的風都停下
聽我們心跳我們眼睛還讀著夜晚的露那時我們並不懂雨季

野薑在斜坡喘息它的雄蕊是耽美的狂想你摘下一枝遞給我黃昏與恍神
野薑花床有你倒影的濃鬱而九月愈飄
愈渺記憶的地下莖隨處落腳你來記得或不記得帶一枝野薑

只是兩尾不安於水的魚。我們總想縱出水面呼吸一些陌生而新鮮也許自己並不了解的空氣。稍稍掙脫一下水的重量。縱出水面而必定匆匆又躍入。不安的魚無奈的魚我們我們……。這一段似乎還短，但心不這麼看待時間。你一定也知道心決定這一切的分量。多重的分量啊。蜂蜜總是比水更重不是嘛？魚喜歡蜂蜜嘛？讓我們做兩尾不一樣的魚，學會在蜂蜜裡輕輕游游游

好詩總是讓人惘然。會活得比我們長。《圓覺經》說：「當知輪迴愛爲根本。」但無愛如何是人生？也只有輪迴才有再見的可能是不是？但這些都是空話。上海上海也是海十一月梧桐該冷了月河裡兩個漂泊者要踩落葉的潮一路飄去。夜晚給人時空停頓的錯覺，像現在一切都被黑懾住，噤聲，僵死，互不相涉。只剩風一個活口。但白日又如何？一切的關聯我們恍惚知道只是表象，到了夜晚又回歸各自的無涉……那人好嗎好嗎好嗎好嗎想著　很多

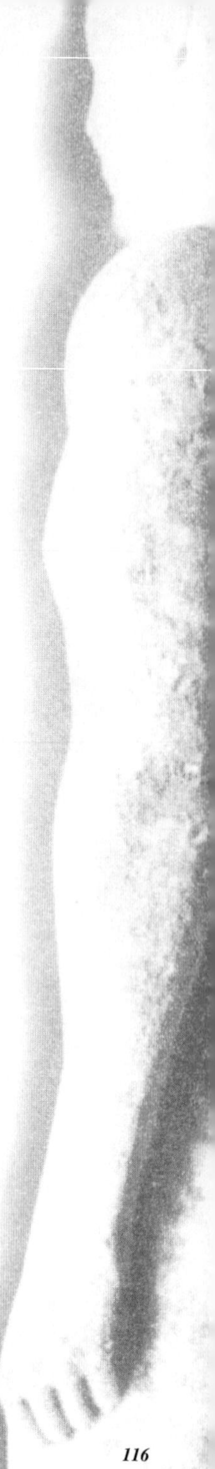

過唐古拉山

就這樣我們用乾旱的聲音
相互呼喚
那呼喚烈日般自東迄西
焚過北地流浪的草原
山也聽見
水也聽見

那呼喚翻越雪線
不是路的路
翻越歷劫的海床
——侏儸紀前已然凝固的海
土耳其玉藍的
此刻在婦人胸前波動

就這樣地水火風
四輪運轉，那呼喚翻越山隘
五千米的匱乏
翻越冰川的不化
五色經旗牽繫著我們
魂魄的游絲

我們相互呼喚，那聲音
翻越匍匐千里的夢
自西迄東草一般蔓過北地
七月的荒涼
山也回頭
水也回頭

註：唐古拉山分隔青藏，山口高5,231米，為青藏線最高點。
青藏盛產玉石，以天珠、土耳其玉、山珊瑚最著名。

是想過不再下去但眞的不捨活該此生的淚要流盡流流流流流不盡流之不盡。要怎樣才能好好下去不傷不痛要去哪裡找不思不想的靈藥？想讓那人快樂讓那人飛不知要怎麼做。捨不得很捨不得，而快樂至少見面會快樂。說不出爲什麼就是掉下去了掉在雲裡霧裡分不清方向給個地圖吧唉注定是迷路的人。迷鳥。逸鳥。錯亂了季候的

Vladimir Holan 的詩〈松〉〈The Pine〉//那棵白色老松多麼美麗/亭立在你童年的山坡/你今天重訪/在它的低吟中憶起你的故人/並揣想自身的死期/在它的低吟中你感覺/彷彿已寫下最後一本書/現在只需靜靜流淚/任憑那些字成長//你有怎樣的生命？爲了那未知/拋下已知/而你的命運又如何？它僅對你微笑一次/而當時你卻不在……//醒來不流淚了腦子裡現在裝滿水藍寶藍的海聲那人好嘛好嘛給一個創意回答吧。

對一隻貓就多溺愛些吧。溺愛。溺水的溺而愛就是愛了那唯一的不需解釋不需引述的字。讓一隻貓溺在愛裡然後它會安靜在你腳跟腿上懷裡枕邊酣睡或在窗前在書桌角字畫下躺椅上安靜陪你。溺愛它因爲它敏感膽怯因而疏離。溺愛它讓它在溺愛裡全心信任。溺愛一隻貓因爲它懂得愛需要愛因爲它愛得深愛得細愛得不知道轉彎。對一隻貓就多溺愛些吧溺愛耽溺的溺讓它耽溺在愛裡放心夢遊讓它膩著膩著溺愛。

天空裸著

天空裸著海飽和著
太陽撐起一千把傘一千朵
夜合的花
快艇飛刀劃過，剖開魚的夢
你們多麼想知道
末梢神經的細節與走向
允許膚髮問海，最遠處是水平
可見　而不可觸
最遠處是欲望，是不是也
不可觸

是不是無底的流域，流動的門
想像穿越了
彷彿穿越貓眼

彷彿可以撈起水聲
可以指認
那一枚海星有你們的光
那時，黃昏的絲綢還沒有皺
魚群游回夢裡
你們飽和著魚一樣笑著
天　完全空裸著

天氣眞好有風有雲有陽光。想著不管天氣好壞都想著。想說冒出心裡的話。不必繞著衛星寫魅。不必飄阿波里涅錯誤的雨。想不知哪天能閒守著不管好天壞天不管海邊山裡看時間怎麼被風被雲被陽光帶走啊看時間在櫻樹上搖搖晃晃就要全部掉下去了都要掉下去了一片一片。想戰亂中的你水火中的我想這不易的相遇來世還要相遇要怎樣期待只能想著但願戰亂不難應付水火不致無情

詩是不以應用實利爲目的的語言，而因爲這個特質，詩反而把語言獨立起來，賦予新意保存下來，甚至讓語言得以重生不被消耗殆盡。這是多麼確鑿的弔詭。所有的藝術本身都有這個特質。之所以愛情也是藝術是不是這樣？梵樂希的文章極好寫詩的發生與循環，寫思想與語言，寫散文與詩，寫邏輯與抽象思維，寫文字與心靈的結合，寫抒情詩與譫語，寫詩的超越自我。他寫個人最深的體驗寫得多麼好。詩可以藏住一些但是沒法掩飾全部，但那最眞切的可能也是最隱密的一部分是外人沒法解讀的。這幾天讀希臘詩人C. F. Cavafy 的詩，他一生否認自己同性戀的事實，但總觀起來詩裡卻盡是遮不住的戀情。這首〈遠處〉（Far Off）// 我想述說那記憶……/但它已色彩剝落…幾乎沒留下什麼——/因爲它只存在遙遠的他方，在我成年的初始。〃彷彿茉莉的肌膚⋯／八月的那個夜晚——是八月嘛那個夜晚？⋯／我只微微記得那雙眼睛，藍色的，我想⋯／啊是，是藍色的，藍寶石般的藍。〃這是詩人一九一四年四十多歲時寫的眞難爲他。夏天眞的到了蟬聲響著唧唧復唧唧

說喜歡一點點就好，會不會甚至就這麼一點都太多太重讓人身也奔波心也奔波。
不想給負擔但顯然是給了顯然還是給了。多難的課。一點是多少？剛好是多少？
幾升幾毫？心沒有秤。心只有血。鮮紅溫熱流淌的血蜂蜜一樣濃稠的血血一樣濃
稠的愛這讓人顫抖不可輕言的字如果悲傷是因爲無法排遣

方向（四首）

・沒有方向

沒有方向。是不是方向。你跟著路走。不問路的名姓。八月是一串擋不住的蟬嘶。垂榕的眉頭打了結。同樣不問路的是一隻貓。遠坐著。舔自己骨瘦的夢。又從夢中站起。彷彿懸身在鋼索。一步一猶豫。一枚鋁罐也不問路。在等候回收的死角堅守它。空的姿勢。茉莉也不問路。無端白著香著心疼著。風也不問陽光也不問路。且行且停時右時左。用切分音的零瑣。沒著沒落地盤桓叨絮。你斜靠路肩。八月是沒有方向的蟬嘶。影子般膠著。跟著路走。想念也是。一條路。往前走。長長的路。

・往藍色的方向

往藍色的方向。影子追不到的方向。沒有言語沒有鞋印的方向。你撫著海微捲的髮微涼的身子。彷彿撫著不確定的滑音。只逗留一剎那。只一剎那。時間如板塊推擠也要滑落啊。那接近赤道的藍。那靈肉必須親證的潮溼與熱。接近雨林的無風帶。在夜晚漁人提著北斗探照岩縫裡的夢。你們必須是不闔眼的魚。藉藍色張力短暫失壓失重。鱗光閃閃層疊如波濤。且在波濤裡築巢。裸露而漂移的族類。寫一行行漣漪。一行行寂寞暈散的寂寞也不帶走。只往霧的方向。浪花的方向。陸沈的方向。

・那麼教堂是不是方向

那麼教堂。教堂是不是方向。你繞過徘徊不去的風雨。繞過草場的斑駁歲月。袈裟黃的瓦牆如經文曝曬日中。一頁頁無字天書。教堂緊鎖。聖壇下座椅兀自等待。沒有降福者。沒有祈福者。沒有方向入內。你合掌。用手心揉醒一片樟葉。樹的魂魄不禁顫動。那不可說的暗香。徘徊不去。將成未成形的風雨。無可預期的發生。可預期的結束。你探身鑄鐵門的凝重。彷彿探身最後的方向。景泰藍的天空。天使拍擊快要蒸發的水質的翅膀。那麼教堂。往前走。那麼天堂。繞過天堂有沒有方向。

暴風雨的方向。電光石火的方向。謠言撲襲的方向。海在隧道彼端。你們穿越隧道。緩緩入港。如一艘船停泊。躲藏。風雨在海彼端。黝黑瞳孔直徑八十公里。一步之外。永夜在風雨彼端。零度。零見度。沒有山脈屏障。一步之外是紅色警戒。永夜炯炯狩守。你們躲藏好。無法寬衣的倖存者。受寒的魂魄掙扎著相互取暖。在憂慮彼端在感傷彼端唱和。藉一首歌得到飽足。那是兩條河在深海相遇的歡悦詩人説。無憾的歌。歡悦的河唱著。魂魄靜靜停泊。在宿命彼端遺忘彼端。無憾的方向。

想你跟想海還是不一樣。你跟海還是不一樣。但還是該住在海邊。至少省去一半想。至少心會稍靜些。心不靜的貓是最糟的貓因爲沒用。不能當老師農夫研究員木匠裁縫什麼都不會。連樹都得靠園丁救。只會呆想空想早上不知怎麼直流淚討厭這隻情緒貓也許已經不是貓不該毀了貓名。你跟海不一樣。海讓我平靜你讓我動盪…車到半山二十度角居然一個月亮往坡上來。月亮每晚就重複做這一件事。推著自己的碩大石塊上下斜坡不停走。是娑婆世界執著第一的存在體。而居然有一群癡人拜月爲神至死無悔唉莎弗莎弗。我們會在另一海邊看到月亮嘛我們有幾個拜月的夜晚呢你是怎麼取代了我的海

所以除了333795.5泡麵貓鼻子雨和光腳沙灘我們還有半個西灣太陽和愛散步的河。然後我們還會有大片梧桐的張愛玲還會有另外的海或其他什麼這麼多快樂不可再貪心。我是不是太貪心？但這感覺多奇怪又覺得滿又覺得空這顆心不知怎麼治糟透了。七月讓人迷惑多奇怪的七月好像之前人在沈睡但也許現在正在夢中那就叫夢別醒不要醒醒了你會在哪裡？一晚風雨亂竄不知怎麼治……今天一隻貓差點落跑沒用的貓晚上看好它別讓它出錯。三級風就能把人吹走更大的災禍怎辦大概也只能嘆氣告訴自己日子總要過下去碰到一隻貓你怎麼辦

背影

你在想什麼背影框在窗裡窗裡的海在耳邊耽溺
你不動且遠你是遠天沒有雲卻又不見底
我摸索那背影飛亂的髮是不是煩惱沈默的肩疲不疲倦
那臂膀，該懷抱貓的，唉你在想什麼海已經退了又漲漲了又退

我已經睡了又醒醒了又睡
世界總是從窗縫風一樣擠進我們的小木屋
我睡了夢見你被風帶走明天我們都要被風帶走
海黑了又藍藍了又黑，你能不能過來靠近我告訴我你在想什麼

上下左右情愛的糾葛形上形下上行下行愛了一百分喜歡這樣但時間過得太快我們
是這麼說的嗎紅燈綠燈左轉右轉一直走一直走隧道隧道深深長長彎彎曲曲的隧道
不害怕不走錯不迷惑穿過隧道是什麼地方五點十八分天還不亮時間深深長長彎彎
曲曲的隧道有人在另一邊可惡的王爾德說二十年的羅曼史會讓一個女人看來像廢
墟但廢墟是美的是留住歲月或被歲月留下的偈每座廢墟都是不可取代的都有自己
的故事等著被傳說廢墟唉廢墟

太濃會不持久嘛？太淡能持久嘛？白寫白讀了一堆詩這問題活該交白卷。你呢你會怎麼回答？海會怎麼回答？海有時沈靜有時洶湧海如此多變如此持久海不擔心什麼濃淡不是嗎？艾特伍說//我希望是那空氣/短暫佔有你僅僅那麼/一分鐘，我希望那樣不引人注意/卻那樣必要。//唉她說一分鐘也夠了呢。僅佔有一分鐘不被注意卻必要。而貓佔有三百分鐘。三百分鐘。貓喜歡看海喜歡有太陽的陽台溫暖一點也不冷。不冷才持久是不是是不是？貓那麼貪心貓要做空氣也要做海。

太濃太淡太深太淺太厚太薄太熱太冷太多太少太輕太重太鈍太利太滿太空太快太慢太遠太近太高太低太新太舊太遲太早太甜太苦太密太疏太生太熟太直太彎太眞太假太強太弱太美太醜太暗太亮太愛太恨太太太太太太太太但不濃不淡不深不淺不厚不薄不冷不熱不多不少不輕不重不快不慢不遠不近不遲不早不悲不喜多難啊貓怎麼做得到。不想不想不想再想要下雨了。夜裡醒來桌上的書還是安靜在原位。台北的燈火還一樣在閃動。天地仁慈沒有驚人的變化而我可以繼續跟你說話說下去說三十年嘛？不枉此生。因爲你這四字更是刻在心裡了紅酒一樣血一樣染了不褪色的四個字我們已經乾杯飲下是情所願所以也不欠什麼淚要流就流吧該笑該哭是聚是散反正也就這一生也就這一條命了

日安・憂鬱

日安，憂鬱
今天天氣多雲偶雨
太陽有可能不再出現
一隻野雁鑽入水心，尋找
自己模糊的臉
北風狂亂舔舐薔薇
敏感的耳垂，這許是
最後一次

示愛，在舌頭凍僵之前
鴉們佔領了防波堤
向潮浪叫喊
啊，啊，日安
憂鬱

紫眼圈的牡蠣從岩石的
縫裡、夢裡
掙扎醒來

太陽露出丁點帽緣
像遲到的孩子，不能確定
該留或者該走
日安，憂鬱
野雁舉翼飛起
扔下多皺紋的影子
任它漂泊
啊，啊，老去

夢築在海上。世界也是。或許只有海能容納兩人世界只有海能了解愛的暈眩。一個小小的兩人喜歡的空間是很奢侈的要求嘛？而這安逸的兩人世界再安逸也要離開也是暫時的。連天堂也是暫時的還有什麼能永久？但至少還有暫時可以盼望。也許要到很多很多年以後也許一輩子也弄不清了這讓人放不下的但或許放得下的也就無所謂情了。不知道其他戀人怎麼過的也都這麼困惑嘛想是需要一定的智慧和內在力量而確實也有人走不下去。我有這樣的智慧和內在力量嘛還是只是硬撐著？遭到最嚴厲的考驗了這關過得了嘛……醒了好久不睡。永遠的時差。但誰規定夜裡該睡且過了子時就是凌晨只缺太陽而已。不只缺太陽還缺了一個人且那人

比太陽更難見…明天後天時間永遠延續不管太陽在哪人在哪。夜不爲睡眠爲了想想。但腦子一片空。另一種斷電。明天後天時差與失重永遠延續

//……時間往它想去的方向去／留下它黃水仙的衣衫／和水跡，在它希望的地方。／你我僅只是乾枯的／蝶翅／粘黏在夜窗上。／你我僅只是一粒微塵／在風貪婪的唇中。／只有語言／是耐久的青銅。// 法國詩人Claude de Burine 這麼寫。這是他的詩〈但當我已然〉（But When I Have）。書寫是爲了記憶。我們用書寫稍稍多留住一會兒那必定要流失的一切，包括記憶。我們用書寫稍稍抗衡那最終的虛無，是不是？

喜歡待在那最隱密的地方沒有密碼就打不開的不給別人窺探的兩人的地方在那地方沒有禁忌沒有面具只有兩顆裸露的心晴天的下午風裡雨裡雲裡霧裡是不是夢裡的下午什麼都好怎麼都好的下午千年前萬年前就是這樣的下午不可能的野百合的下午唉教風繼續雨繼續教雲愈厚霧愈厚教夢如果是夢如果是夢教夢不醒醒了還剩什麼……

它們

它們在柳條編織的屋裡唱著春天
青紗帳掀起忍不住的笑鬧

它們翻撲著相互追著啄著
用光滑的喙梳理相互
弄皺的衣襟，鬢邊的髮
用流蘇的舞步交疊相互

（它們小心躲開獵人的眼睛）

季節就從蟬鳴開始
它們啁啾著風也聽不懂的話
分食一顆露珠
夜晚枕著鼓鼓的蛙聲

安睡

頸子環扣頸子

星星消失在它們臂膀攏合的夢裡

躺在沒有時間座標的床上幾乎是仰飄著然後窗微亮了知道一天又開始。昨晚聽一晚舊時的歌，身側是早該認識卻沒認識不該熟悉卻太熟悉的你，多麼奇怪的因緣即便只是時空間的偶發也是宿世的積累吧。喜歡跟你這裡那裡去像是不忍一朵花開滿了所以回頭一步步讓它再經歷一次徐開的過程。讓花開滿了卻一再徐開不謝吧讓花不謝我們晚來的花。

不只這些還記得更多那迫切和放鬆和眷戀那名之合歡的樹。醒了很久想弄清自己但就這樣了不說負擔這其實是活著該當的否則怎麼是過日子。想用八十五歲的Milosz來檢視自己看能不能坦然寫下那些或許不合道學標準卻眞誠的詩就算只是對自己交代。又困擾你了別理我我也許就是來困擾你的

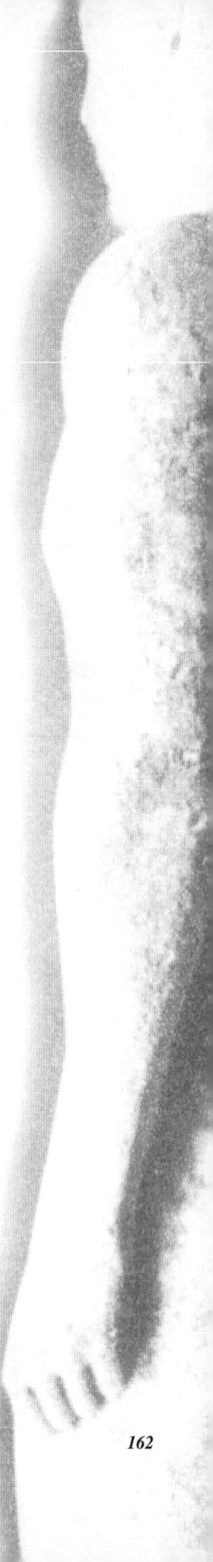

討海（五則）

。火焰花

火焰花點燃了海你是豆莢裡茫然的因困頓的果等待熟成爆裂腐朽重生且傾身
望向焰火心底的藍不動的藍討海人說海是不動的沸騰
兩隻招潮蟹在礫岩上切磋情愛海風訥訥
海瞇著寶藍貓眼迂迴趄近海是伴侶還是夜襲者討海人不透露

。礁岸

討海人說海是你的岸小木船遲遲不走因為浪的推辭黑潮親潮或是戀棧的繩索
船艄隱約的楔形文字是何方礁石鐫下的暗語
而那半枚鸚鵡螺長了喉繭失聲的號角破損的信物想預示什麼災禍
討海人說天明醒來或許一切還在或許漂泊另一海岸

。赤鯛

於是你展臂敲開海緊鎖的門一尾赤鯛探出頭
來了到底來了討海人說魚們四方去來沒有旅行計畫
此刻你遇到的赤鯛入夜在海鮮攤仍然豔麗臥擁紫蘇與野茴香閃爍的燈與碎冰
清亮的眸子看不見死亡海不知道死亡

。祭典

所以祭典就這樣開始你看見火紅的血紅的太陽升起你拾起一把火焰花
火紅的血紅的說海獻給你
潮水後退五尺十尺海收容你默許你撫吻她妊娠紋的腹溝你匍伏看見海的賜予
黃鰭鮪竹節鰆雨傘旗圓花鰹遠古的扇貝以及紅珊瑚火紅的血紅的

◦討海人

終於你也是討海人聽見海的腹語絮絮唸著一遍遍不走了不走了吧海是你的岸
祭典就要開始
終於你傾身撲向焰心的藍不動的沸騰你也是討海人海是你的你的岸
浪花答應等小船撈起殷青瓷的月光再歇息

髮梳會記得頭髮的氣味嘛？現正梳著溼答答的頭髮覺得一份貼近。思念是苦如果回到之前不知思念的日子會好些嘛？事實是再也沒法回去也許也不想回去。無可救藥的癡迷。星期四星期五星期六星期天星期一如果繼續不見星期四星期五星期六星期天星期一一星期一個月一年一生日子也一樣繼續下去吧。這麼說太荒涼不像那在窗下變著調子唱情歌的癡，但不然又如何？不捨是過程中的態度，而結果終是我們無法強求或掌控的。想著仍然眼酸旁人如何能解。選擇接受或選擇逃避都苦。這是怎樣的經驗在怎樣的時空最終我們只能俯首以血以肉參與親證……只覺無奈像李清照的詞那樣深深深深的無奈那樣的hopelessness。她到底說了什麼？雙燕的影子映在窗簾我們的影子會映在哪裡

今晚風大相思樹晃得讓人頭昏，如果白頭翁現在站在上面一定覺得像衝浪。讀到魁北克詩人Gaston Miron一首詩〈通往愛的路〉（The Walk Toward Love）//我走向你，蹣跚走向你，爲你而死，/緩緩地全然地崩潰在魂魄中/我走向你，蹣跚走向你，從生命意義/已然漏空的壺中飲著，/走向這些階梯，階梯沒入沒有南沒有北的路/走向這陣風，沒有頭沒有尾的風…/我的身體是抽動著情愛的最後一張網/遺忘的線索在我指縫。/我不等待明天我等待你/我並非在等待世界末日我在等待你/從我生命虛假的光環中釋放。// 我不等待明天我等待你。有什麼能讓詩人不吐露內心的話？那是些多麼肯定的話多麼堅決的心意。問情是何物？一個情字讓人無助。

舞池

這曲子我們得規規矩矩地跳
用腳尖的優雅
左旋
右轉
不要滑出舞池

(是誰家的初戀女，你聽
我哦——
走遍漫漫的天涯路)

後退，前進
你要握緊我的手
你輕忽一頓，我就
跌跤，險險地

你要我身子鬆弛
（那男子唱著望斷遙遠的雲
和樹
伊人你在何處）

你要我背脊挺直，頭仰起
定睛看你
我定睛看你，腳步
不由得亂了
這曲子那麼長

（我難忘
你哀怨的眼睛，我知道
你那沈默的情意）

旋著轉著
五色燈光波濤翻湧
「多少的往事
堪重數，你呀你在何處」
我們不要滑出舞池
（你牽引我到一個
夢裡，那男子唱著我卻在
別個夢中忘記你）

眞的那麼自由嘛？其實是只有界內的自由越界就是任性至少社會這麼認定但我如何願意被限制只求不傷人。我們在怎樣的路上飆車超速人生的路不自由的路我們會一路握著手一路平安不傷人傷己嘛？我如何願意失去愛的自由明天越界去看海好嗎？像Alice Fulton 說的讓手指像氣根一樣織在一起……巖上無心雲相逐一層層厚重的沙灰鐵灰鉛灰的雲被風大片大片往西吹居然吹開一角漂亮的蛋白和冰河藍。海邊一定也風大不知雲怎麼飛。

喜歡一點喜歡兩點喜歡半夜三點跟他說話說半睡半醒的話喜歡跟他在一起常在一起在一起很久做很多做一樣做不一樣的事。喜歡夜延長夜再延長夜停止不動不動別動kouroskouroskouros別動。半夜醒想如果你在多好想得怕極如果一個星期兩個星期不見會怎樣一個月兩個月不見會怎樣一切會被擦掉嗎一年兩年不見會怎樣。時空原是最大的考驗一切原本脆弱娑婆世界原沒有恆常與圓滿我們原只手握蜉蝣的快樂是不是。爲什麼爲什麼爲什麼要尋找要發生要留連要深陷要感覺爲什麼爲什麼不冷眼看著就好。//愛是兩倆的事/在兩倆底層，人卻孤獨。//孤獨比愛更深勞倫斯是對的。星期天陰冷的天一個人的天想出走的天沒法子的天唉你在哪

或者說時間不多我們就製造時間像荷蘭新加坡填海造地是不…但等也是應該的相遇也難此生能聚就聚吧　蓋章

咖啡及其他（四首）

一・咖啡

兩杯咖啡之間是唇的謹慎，午後風起
銀茶匙攪拌著雲堆湧出的乳沫
冰糖的魂魄捲入褐色漩渦且瞬忽沒頂
那必定是不可抗拒的溫度不可抗拒的氣息
這午後還不該撚燈
你們說著胡適或莒哈絲
隔著綠竹的廝磨車聲欸乃
兩杯咖啡之間有些什麼流動著，不散

二・鈕釦

天暗了你們才能親吻星星和月亮
才能守著河床看兩尾魚擺動身體如流線
上下追逐，翻覆
因水波而歡喜，把河的眼角逼出笑紋
那時彩虹是一座橋，鎏金的浮夢
延伸到你們飄搖的床
你們一顆顆解開禁忌的鈕釦
那時你們在一起，天不知覺暗了

三．藍調

溼透褥枕的汗彷彿露珠霎時也蒸發了
你們知道什麼也留不住
急湍把夜擊出裂縫，流光愈來愈薄
你們是星閃閃爍爍牽掛著，是沒有定點的
雨，重複第一夜第一千零一夜的心驚

你們其實不知道要留住什麼
藍調，吻或只是月色
流光愈來愈薄，但畢竟你們擁著整條河

四·熨斗

那花必定要凋謝的，再怎麼說不
野蜂蜜的夜也會氧化，變色
陽光總會用帶著鐵腥味的老熨斗般的手掌
燙平周遭景深
那花必定要謝了，星子一一遁入空白
彷彿琴音斷奏沒有天使出現
你們只好再度沈默
在被月迷惑又拋棄的淌著淚的左岸

小城街道是寬是窄海岸有細沙還是岩石兩個晚上是長是短我們會牽手四處亂逛還是在屋裡請勿打擾⋯只是想只是想在一起唉塡海造地。⋯話會說盡想念會說盡嘛現在知道因爲想念所以寂寞想得眼酸不說了。也許不該總是去海邊，總是把海和你連在一起，那樣哪天沒有你該怎樣面對海。也許爲了最終必然的孤單一切原不必開始，我們原無能無法違抗堅持改變什麼。我們甚至無能無法做自己，一切只是徒然連詩也是徒然。這是活著的謎。但失去或死去的那部分更大，不能說說不出的那部分更大，這是不是就是那我還指認不出的神要藉你來讓我明白的生命的實情那慈悲而冷酷的神⋯⋯也許不該總是去海邊視線叫浪花打得一片模糊一切又回到原點。事實不會更改。徒然的感覺很糟。夜晚醒來想想生命原也是徒然所以對生命中的其他我們又何能多求。徒然就徒然吧徒然也得繼續下去因爲徒然卻繼續才算活著。那就活著至少一起活著吧唉存在的困境也許該再去讀讀尼采土耳其玉藍的水。turquoise。土耳其玉或綠松石。turquoise blue 漂亮的混沌的青綠藍。要讓心留住這樣美麗的顏色美麗的祕密沒人能透析的顏色沒人能解開的祕密在我們心裡是我們的是唯一的將由我們帶走。transience 短暫與時俱逝不可或留 the transience of a second / of life / of happiness。一秒鐘的短暫。生命的與時俱逝。快樂的不可或留。啊但至少讓心在活著時留住這美與記憶不然還剩什麼。心思千迴百轉但總歸結到想念兩字唉只能依靠記憶支撐不見的日子

七月

就是七月吧那命定中水象的
七月所有星宿都已步入
關鍵的方位且毫秒不差傳遞
同頻率的訊息說是暗流
也不是暗流只是一種悶鬱的
彷彿抹香鯨的腹語或體味
在水煙中渙漫只為另一尾
命定游過的抹香在北斗距離
最近的海岸海岸的白石台
抹香鯨說著風也聽不懂的謎
說著土耳其玉般析解不透
青青綠綠藍藍層次渲染的謎
而抹香鯨們且不在意浪花

羅織的閒話逕自纏縛廝磨著
且不在意夜將至月亮撒下
十里長那望也望不見盡頭的
網彷彿無法逃逸的七月
那命定中水象的時刻天蠍與
巨蟹步入預言的方位且
毫秒不差回應同頻率的訊息

希臘詩人Giorgos Seferis說：「詩人只有一個主題：他活生生的身體。」詩寫在紙上一如刺青紋身。我們都在身上紋了多少刺青而更多沒寫出的其實也已經烙在心上。六百里路風風雨雨陰陰晴晴但每一分鐘都是溫暖的回憶都是溫暖的那麼還更要求什麼。心裡其實還有無奈和遺憾對歡聚一閃即逝的無奈和遺憾但那也是所有人的無奈和遺憾……是佛洛斯特說的「像爐火上的冰塊，詩必須乘著自我的消融飛馳。」戀人必定也是那爐火上的冰，那必須乘著自我的消融飛馳的詩是嘛？

深深深深的陷入無以自拔無以是因爲不想因爲陷入是溫柔的陷入溫暖的陷入因爲
一旦自拔四周也只是溼冷晦暗但這樣的倚賴讓人不安我們不是該求自身的圓滿嘛
任何外求的快樂不都是虛浮的嘛但我們能不能忘掉理智忘掉思考我們能不能聽憑
直覺去追去尋那不被允許的去愛去陷入噢無以是因爲深深深深的眷戀啊

交織

一時
湖與霧交織
山與雲朵交織
燕子與風
蝴蝶與春天與花粉交織
魚與潮汛
交織　交織

（這季節湖只能交給霧
山只能交給雲

燕子交給風
蝶與花粉給春日漫漫
魚給潮汛

這季節我也只能交給
交給不可說的你）

交織潮汛與
魚你們也是花粉與春天
交織蝴蝶與風
燕子與雲朵
交織山交織湖與霧
一時
你們也是

兩本捷克詩集四位詩人覺得Antonin Bartusek的詩最好。語詞輕而詩意重。〈夢〉〈A Dream〉//每晚我重訪/記憶中一個寂寞的地方/那兒從沒有人居住，因爲/沒有路通向它——//一次次我的夢揚起如一隻受傷的鳥/那不知名的獵者飛掠過/森林的邊緣，搖落松樹上的積雪/方才消失在黑暗的矮樹叢。//每次回到現實都像從雲裡掉下心情壞極相思路遠那種失落像是像是像是，我感覺，像是意外死亡的魂魄會感覺的那種失落不著邊際的失落。不該說這些但這是最眞切的感覺這是解不開的結不知是誰打的不知什麼時候打的。又是一封該銷毀的任性的魅唉銷吧

三五年後情形會不一樣嘛？會熟悉到不再想念或接受現實不再覺得痛苦嘛？那麼就讓時間快快過吧最好一覺睡醒已經2010。路很遠很辛苦嘛？每個明天都隔著層看不透的霧。我們只能不知所措的膽小的在原地等。等霧散去。那是一層時間的霧命運的霧。我們都是人質。都孤獨。咫尺天涯是最大的孤獨。

思念是愛的代價。如果無愛如何會思念如果在一起不快樂如何會思念。這麼說來思念也是福分。三天五天三個月五個月三年五年都一樣。馬倫巴裡的女人終於接受她苦苦逃避不願承認的戀情，終於走出充斥著凝固石像彷彿只有二度空間的老屋子，踏上滿是碎石子會讓她磨破腳的未知的夜路。那老屋子裡的一切應該是眞，卻是虛幻；那男子與她試圖否認且刻意遺忘的戀情似乎是幻，卻是眞實。這就是馬倫巴的故事。愛的堅持與等待的故事。…如果不見唉不見就在想念中見吧想你不同的臉正面的側面的仰的俯的睡的醒的開心的沈思的帶我去找海吧至少在夢裡不只在夢裡你不會想不起我的臉吧像初時曾說的。明天明天已經是今天了今天不見就等…馬倫巴的女人說她從不等從不願等，而那男人說她等了。那男人說

只有死去的再也沒有希望的人才不等。所以活著的我們永遠期待／到達／期待。等。

想念

想念比路長比雨季長比蛇的沈思貓的凝視長比垂榕的亂髮比修女的晚禱長
想念比銀河長比一萬六千行的荷馬史詩長比縈繞的蟬夢比寒武紀的空窗長
比枕間的吻比城市懺悔的燈影長那距離恰巧是櫻花從樹肩緩緩落地的距離

看著你的名字有時會一下恍惚起來。那就是你嘛你是誰我知道你嘛懂你嘛？有時不能確定心裡有個人想著念著是好還是不好。有個人想著念著是折磨也是滿足沒個人想著念著是平靜也是空洞唉告訴我這些矛盾你也有嘛爲什麼人那麼複雜或者是我太複雜想得無奈……如果書信想念作夢也是聚，聲音或文字的聚，抽象或半抽象的聚，我們聚的時間就長些是不？剛才迷糊作夢走在小街旁邊是你路上人多你說著什麼我聽不清

人生也許竟是不能去回顧的。那麼就一直往前走也許竟又會回到原處⋯⋯會是這樣嘛那時你會在哪？人生也許竟是不能去想像的。隔鄰窪地上生了大片黑瞳黃眼睫的王爺葵很野很亂很美原來山上更多現在已經少了。一些火紅嫩粉細長頸的蜀葵在它們旁邊就顯秀氣。爲什麼叫蜀葵是蜀地來的嘛？還有菅芒沒人珍惜的菅芒赭白芒花一路往山裡開，還有咸豐草野薑花現在連山上都是你眞糟

睡不穩一定是詩的緣故。詩該是生命的延續吧。我們委託詩爲誓爲證，延續相聚與記憶的短促。

河岸

當然也有河帶不走的
也有夜風帶不走的
岸邊的燈彎腰探問十二月的水溫
撫慰那動盪的冷
僵直的臂膀映照水面
如善感的垂柳

我聽到蟋蟀用腹腔共鳴的空洞
追訴草的夭折
歌聲比月更老更憂傷
是啊當然也有地獄帶不走的
黑洞帶不走的
也有候鳥帶不走的

我以心跳彷佛深潛的
聲納以極機密密碼持續發出簡訊
找到你，你在寒流的岸邊
你在十二月的岸邊以同步心跳
和我起舞
那是睡意帶不走的

神

帶不走的

戀人絮語戀人的話總是絮語飄到哪是哪。那樣隨性的沒有目的沒有重量的零碎的甚至淩亂的輕得像空氣只有最機伶的感官才能感覺到的幾乎是非物質的卻蘊含一顆足以長成一株樹的種子。多奇妙的絮。還忘了說是會讓人過敏打噴嚏流眼淚的啊絮語絮語只想飄到他心裡的絮只想在他心裡成長的一顆種子。

波蘭詩人Cyprian Kamil Norwid一句詩//過去，就是現在，雖然有些遙遠。//過去永遠是現在。只要能記得。當然記得。從太初以始到眼前所有都記得。只是貪心想要更多現在更多過去。想要記得更多。說過一種海的顏色 celadon green 般瓷青或橄欖葉的灰青。溫哥華的海常有這最安靜的青。好冷你在哪裡。想著溫哥華深長的冬。所有小生物都死去或冬眠。夜間山裡靜得聽得見星星呼吸。有時下雪就更靜了。連星星都不吭聲除了偶爾雪團從杉樹柏樹沈沈墜下。後院積雪細柔無瑕有時一串小小的腳印是浣熊的。這些訪客半夜來水池喝水常跟我對望很久。那時都聽巴赫無伴奏好久以前的事了那時我們不在同一個世界。

黃昏（六首）

「到黃昏，點點滴滴……」

李清照

。色

苦艾與桂花釀的黃昏該怎麼看待
你跌進忘了上鎖的酒窖飲著杯裡的霞光問會不會醉
問能不能就著黃昏端詳彼此的錯落
什麼都不說，問能不能
時間也不說不說叢林的夜正嗡嗡作響不說有人會迷路
這樣溼滑的巴洛可的黃昏
雲在山邊自焚快要化成粉末

。聲

因為水岸有風因為十五的月在雲的眠床低聲説
來，
你們便潛入波浪
你們也是海也有潮汐翻湧也有十五的月偏偏升起自骨盤
水聲沓沓獨木舟就要漂走
時間的槳緩慢撥弄任憑夢擺渡往返連藻草也不驚擾
你俯向水聲水深處是誰沈睡的側影

。香

不動。別動。海不許風不許宿醉的陽光也不許
就這片刻一切不動都要靜止

滿屋子精靈收起鞘翅睡在茉莉乳白的花香上
讓茉莉的花香也不動膩著你們床褥
懶懶地
讓時間也不動欲望也不動就這片刻讓那側影在黃昏的眼瞳
不動。別動。

。味

浸透了白蘭地的彷彿琥珀的漿果還沒清醒已經置身火焰
那燃燒過的被燃燒過的不能不沸騰的汁液
緩緩解構在時間的唇間
黃昏順著銀匙尋入容器唉那原始的最濃稠的記憶
記憶裡著了火的蜜桃
Peach Flambé，你說，瓢起一口果肉
遮過去

。**觸**

你會記得多久那樣的感覺：觸摸
一個字——
那絲一樣生怯絲一樣敏感絲一樣從死亡密室脫逃的
一個字的體溫能持續多久眼神持續多久
一個字也能平撫黃昏的驚慌嗎
一個字的柔軟你會記得多久一個字的牽繫多久
一個字的雨林與沙漠，風暴與陽光

。**法**

更何況知了盤問了一整個黃昏

一整個黃昏藍琉璃的貓眼飄著煙那煙讓雲朵不安
不安的雲的赤鬃馬漫山奔馳
更何況沒有誰再沒有誰可以説説黃昏的酒任誰也禁不住
禁不住苜蓿裸向風每一次來風每一次去
且茉莉不為什麼的開著開了整一個黃昏你説可不可以
唉可不可以只願意花開不想花謝彷彿時間的嘆息

夜裡又作同一個夢。一個人在街上走。街道並不全然陌生要回旅館卻迷路在巷弄亂轉一路還擔心沒帶鑰匙也忘了住房號碼。但這次走著走卻穿過一個有大水塘的人家。星雲法師坐踏板車遠遠過街身邊還有三個僧侶跟著。累人的夢。時間空間全是距離。相加的距離。想念使得那距離更遠。是相乘的。時＋空×想念。數學好的人能不能幫忙算算結果

一天又過去又過去又過去。波特萊爾說 ennui 該就是這感覺。不知道這段情最終要揭示些什麼。一顆心同時塡得滿滿的又完全是空的。同時是鮮紅有彈性的又是透明玻璃樣易碎的。同時在雲上又在最低最深的井。同時完全明白又完全迷惑…所以總是想看看你。看能不能弄清楚些……

彈撥爾

八分音十六分音三十二分音符
彈撥爾迫切切拍撫你額頭如胡楊低訴
雪落著雪落落了整整三個月
駝鈴搖醒大漠荒涼的思念
你是不停的路我是不移的窗

你愈行愈近卻不往我的方向
我們的時間或許眠夢等待或許在明天
彈撥爾愈行愈遠愈行愈緩
三十二分音十六分音八分音符
我是不移的窗你是不停的路

早起讀剛收到的Yannis Ritsos晚年詩集其中一首一九八八年作品〈時鐘滴答〉(Ticks of the Clock)由八十二首短詩組成。〈#23〉//門自動開啓。/並沒有人。/該是時候了，你學著/不再等待。//〈#76〉//群馬奔馳踏過夜晚的/聲音。/我打開窗門。/無盡的星子/如果我吹一聲口哨，你就會來。//薄薄的集子短短的詩滿是寂寞的聲音……藍貓在窗口看蝴蝶看了很久眼睛透澈一眨不眨專心極了但忽然又起風

爲什麼淪陷好像這才開始所有的體會好像這才開始知道依戀等待這才知道心疼不
捨爲什麼爲什麼這樣的迷惘要持續到幾時會醒來嘛怎麼醒願意醒嘛會不會這便是
此生唯一的因由答案在哪裡

從七夕到七夕

從七夕到七夕從水岸到另一水岸以不讓偵測的脈搏我們傳遞彼此的經緯
在某些夜晚風也輾轉不眠的夜晚，飛
夜以巴松管的低調默許我們探問誰的肌膚比月光勻稱唇比月光姣好
風一般我們湧動在彼此曲折的巷道

（而更多夜晚
雲的憂鬱症的夜晚
我們垂坐水岸兩端
等一座橋自眼底浮現
那是思念無限延展的雙臂

我們髮梢飄染了月色
所有星辰都爲我們遲歸
更多夜晚
霜雪如箭的夜晚

我們只能凝聽水的心碎）

從七夕到七夕一個旅棧到另一旅棧
我們自海馬迴啓程往前世的茉莉叢下掘出層層疊疊的花箋
層疊那絕句的匆促樂府的起伏我們一再摸索一再唱和已經從夢寐到夢寐
從七夕到劫後的七夕如此我們飛，飛，且彼此一再抵達

（更多夜晚我們逆針而行
逆光而行逆流而行
說前世的絮語，一次次
咀嚼只有我們懂得的
雲的滋味

更多夜晚我們隱沒無人的
空冥，諸神的極地
在憂鬱之上
每個夜晚我們傾身
遙遙執手，且遙遙依偎）

不知怎麼心情就下沈下沈又是那種很怕人的獨行的感覺不知怎麼才好太糟太糟了。像是一種自然法則永遠在無止盡的悲喜悲喜悲喜悲喜中擺盪。很想衝過去甩脫這法則但不知有什麼方法這就是最最無奈的…我們該怎麼相互鼓勵在最低沈的時候?關心和愛有用嘛有多大的用呢?其實是沒人可說也沒人會懂的那種心裡最深的無奈和傷感或許連你也不會懂的那種對人對己對外對內都無能掌控的困窘無助想要全部都丟掉也不能的困窘無助……或者總有一天吧但目前這一切都只能自己消化。在人生應該已經看破情字的這時還要經過這些唯一的解釋是上蒼要一切在我最成熟的時候發生讓我對情字因此能一筆一劃細細領受然後才能說眞正懂得。是這樣嘛而這懂得要用多少淚水換取

好像總是找不到路或者路找不到我眞糟。必定有一些記不得的過去引向這一切說不清的現在。但這也許就是一切的意義我只能俯首不再抗拒。只是想著一路過程左轉右轉紅燈綠燈還是不免眼酸事情就這樣了我接受安排握著我的手請你。上山一路快車想一直往前開不想停下雨下下下下下一匹一匹有聲音的溼透的灰綢子他的夢裡有雨嘛有雨聲嘛。想著很多沒法切割只想一半大概不可能了能不增加已是萬幸。大腦中腦小腦間腦前葉後葉額葉顳葉腦幹腦髓腦窩腦橋都已經被他塞滿多一粒質子都裝不進了。過兩天這可憐的腦子要去海邊休息玩耍但在沒放假前還是只能想想想。有時自己也不懂爲什麼就有這份對細部的懷想比如說那雙手拳著就

是一個溫暖的窩四周有厚軟的牆比如那耳朵平淺的漩渦一圈一圈所有說不清的就
都漩進去了想的也就是這些……

我再次回到

我再次回到
現場，車子快速往前開
我們在車裡
往外看
我們應該都在車裡的
你卻在車外，路旁，一個人
像天南星或孤單的小站
站牌

我繞回現場
孤單的小站如今人影幢幢
（那些看不分明的）
你卻不在
我們應該在一起的

我在你座旁，爐火邊，床裡
我在你呼吸裡
載浮載沈，不想醒來

卻醒了
現場是另一個沒有你的
小站，我拿起電話
你要接聽
你會說什麼呢？聲音如月光
飄來（那些抓不住的）
我也想你，我說
為什麼為什麼你不在車上

「在沈思中，一切事物變得孤獨而緩慢。」馬丁・海德格說。往山上的路也孤獨而緩慢。隔壁十隻狗的叫聲也孤獨而緩慢。想念也孤獨而緩慢。我們確實走了很長的路了是不是。一條長長的路因爲遲疑而長因爲苦思而長因爲憂慮而長因爲不捨而長但也因爲種種溫柔疼愛親密歡喜而一步步走下去。如果可以一直走下去如果可以可以嘛。路有多長幾百里幾千里幾萬里還是更長更長我們走了多遠了呢。我們走岔了嘛。心裡總像是有把鐵杓在不停翻攪唉怎麼也釐不清的事想著只能想著……天氣眞的暖了下午看到後院通泉草指甲蓋大小的淺紫白花開了滿地很驚人。大太陽下時間悠恍。花們的時間觀念跟我們一定不一樣吧。還是想著。想不透的事永遠想不透的事。

卡繆叔叔說一本書必須負載情事與血肉的重量。如果把書字換成詩字應該也恰當是不是。你讓我的詩有了血肉或說你讓我有了血肉而有了血肉就落入現實就有感覺就有快樂就有痛苦。哪天我們分開如果不因外力必定是因爲我無法再承受這血肉的重量想念的重量

出川（四則）

（之一）

只有你能讓一艘船流淚
只有你
是不能遺忘的
岸

我且聽到
竹枝詞的琴瑟撥弄不停
楚商的鐘磬敲打不停

離開離開巫山
我推波往月落的方向
緩行，波裡吳蜀的硝煙泯息

漢唐的花影盡淨
你不知道我是那船

（之二）

葉只能停泊西風
星子只能停泊冥夜
船只能停泊江心
我是那船，低咽的船

遷徙如蜀葵花子
如江沙
逆風　順風　逆流　順流
在時間裡流徙
在空間裡遷移

停泊而不覺停泊
停泊而不知何處
停泊而仍然漂泊

（之三）

我回去時你還在嗎

能不能我們
做雲朵的傳人
狂野如巴塘弦子舞
溫柔如紫袍帶玉
讓蜀葵花火紅粉紅地開滿我們臉頰
雪寶頂的月光酥油般融化

漂泊
或者停泊——
或者漂泊是最好的停泊
最長久的，請原諒我試圖停泊
又離開

（之四）

褐黃的泛音複沓
蒼綠的絕對音層疊
那是江川與山巒的歌
我是那和聲裡最短促的音最弱的
我是那聲飲泣，水紋一樣的
你不知道

是否漂泊
是唯一的停泊
是否只有死亡允許停泊
是否只能遺忘

你是我永遠不能停泊
的岸

多奇怪的魅。時間也弄混了。字體也弄混了。好像存心讓一切曖昧不能揣測。想到哪天醒來忽然發現所有發生的都是夢你會難過還是鬆一口氣？而我呢？摸不清人生到底是眞是假。一切我們看到的相信的甚至自以爲擁有的是不是只是我們的投射和想像？如果一切是虛卻要我們如實對待多麼難啊。不想不想不想不想。事情到底是怎麼一下子就開始的呢果眞就是另一次無可言說的大碰撞像宇宙初始一樣嘛？但詩是留下來了見證也許當局或旁觀者都無法詮釋的一個字那就讓它永遠是鏡中美麗而摘不到的花吧。只我們知道那花確實在那兒而最終最終我們有什麼可以依賴？都不確定……今天天氣不好那人離得很遠。天氣不好因爲想太多不想

天氣就好但不能不想。想自己憑什麼想腦子會不會著火……說路牽著人走讓人不甘除非路有雙他的手

法國詩人 Jacques Prévert 的詩 // 是春天了 / 羅盤裡指針狂野地轉動。// 好美的句子是不是？連羅盤裡的指針都感覺到的春天是什麼樣的春天呢？而能感覺到春天的羅盤又是怎樣的羅盤又有怎樣的指針呢？它能感覺到春天一定也能感覺到愛吧。如果是在我們手心裡它會不會轉動得比春天來時更狂野？指針指針啊幾乎覺得我就是那指針了。那麼你呢你是春天嘛？在連指針都快睡著的半夜想著那麼春天呢春天睡了嘛？

風

而此刻要怎麼説
風説那亂針繡的
風與花與葉肉搏拉鋸的
風把戰爭的鬍鬚渣從古寧頭從古北口掃淨的
風
風游擊追緝風掃過高粱小路小路周旋小路
竄向黑夜彷彿懼於淪陷懼於
地雷森森惘惘海岸被鐵蒺藜綑綁

而此刻要怎麼説
風説舞旌旗的
風擂鼙鼓的
風策馬揮鞭的
風

風欺近窗台推擠嘶喊窺伺尋隙
戰爭結束時你們被風絆倒木痲黃的亂針撒了
一地是誰來不及的草草收割的　夢

天還暗但就要亮了。每天在書桌前看著天黑再看著天亮跟著太陽過安靜日子。日子一向就這麼過但現在多了想念多了期待。喜歡見到他那樣的歡喜比寫一首好詩更深像是一首永遠在進行的詩不停湧現的詩。想到畢卡索談抽象畫他說所有的抽象畫都始於具象只是慢慢簡化簡化到最後只在畫布上留下情緒和觀念。他比喻說橋可以抽象成一根線一個線條因爲都能連接兩點。我們中間也有一條線抽象的線嗎？

總害怕匆忙間就看不到總是這樣戰亂的恐慌不知哪天會發生而這確是可能的。見如不見也是可能的。寒暄中忽然孤單得厲害然後開車不想去任何地方。那眞是碰不得的一個字。腦子像陷在車陣脫逃不得。一部救護車車裡一人急喘如失水的魚。我是那魚無法自救那是碰不得的一個字。神話裡 Icarus 用一對蠟做的翅膀想飛離禁錮他的島嶼。他不自覺愈飛愈高蠟做的翅膀終於不敵太陽高熱。他飛離了小島卻終不免墜入無際深海啊如果再有一次機會他會試著夜間飛行嘛？月亮不會融化他不合宜的翅膀是不？我們也有蠟做的翅膀是不？但飛就一起飛墜就一起墜總做個伴。但連這也是最好的情況。經常是經常是單飛。那蠟做的翅膀愈飛愈重愈不聽使喚……後院粉色茶花居然開了一樹。弄錯季節的花。但它們自有想法不容我們干預。粉色粉得美極像那島嶼上沒熟透的石榴子透些白。美好的記憶是一個軟墊子讓人跌跤時不痛。

如果遇到

如果遇到
在昨天，更早的昨天
在一首南傳的歌
你會走開，或停頓
遲疑
像車燈前的鹿，像現在

如果遇到在明天
明天的明天
你會懂或仍然懵懂
放逐與被放逐
雨滴從馬纓丹的背脊摔下
在起風的路口

一生
許多世
如果遇到再一次遇到
你會不會記得
星星在眼睛潛泳

記得鄰街的樹
對掛的鏡子，它們遠遠
相看
永遠不能擁抱

眞有那種爲情徘徊不去終於觸地而死的大雁嘛？白天打開檔案看到不知幾時譯的阿赫瑪托娃寫給以賽克・柏林的詩〈五首〉（Cinque）中的第一首。那該是另一座雁丘吧。//彷彿在一朵雲的邊緣，/我記得你的話，//而因爲我對你說的，/夜晚變得比白晝更亮。//如此，撕離地面表層，/我們上升，如星子。//不絕望也不覺羞慚，/現在不，將來不，那時也不。//但在現實之中，在此刻/你聽見我如何呼喚著你。//而你已開啓一半的那扇門，/我無力將它砰然關閉。//雁丘雁丘如果沒有筆該怎麼記下這情這情懷。但我們知道文字並無法表達萬一。文字不能。語言不能。面對情愛唯一能的只有燃燒。身心的燃燒。燃燒殆盡。那麼雁丘或竟是一堆灰燼。灰燼裡的舍利……

其實一生只是一個過程。生命所擁有的僅只是這過程中或多或少的記憶。沒有記憶生命也就沒有意義了是不是。所以我們用文字色彩音符種種可能符號去記憶。這些日子每個符號都有那人擦不掉了且這符號逐日細緻豐富多面像是地質堆疊萬年層層壓縮著礦藏著記憶著夜裡又起風相思樹嘩嘩不停轉身醒來藍貓大眼睛就貼在面前……

起丟

你又聽到急切的呼喚
起…丟……起…丟……
一聲短一聲長
孤立的，自外於月光與
牆影，自外於樹勻稱的鼾息
——是鳥嘯
更像是半夢的幻聽，不確定的
夜的探試

你睜開眼，夜沒有動靜
山一樣龐大的夜連風也無力推開
風不動靜
卻是那啼喚刺透風刺透
夜，一聲急切一聲

彷彿遍尋著什麼
起…丟……起…丟……

又乍然停頓
像空白棋盤上一枚黑子
舉起，遲遲不落
尋思著什麼又遍尋不著，於是等待

（你也等待
也許，沈默後的驚喜……）

彷彿睏倦的眼終於模糊
闔攏，那夜啼一聲追過一聲遠過
一聲慢過斷續地
終於消失，彷彿無力的夢
夢裡你看見半個自己，單飛
遲遲，終於離去

詩其實也寫給自己。把那人留在詩裡在兩人一磚一瓦蓋起的夢裡。沒人知道那雕像歷經兩次千禧荷馬莎弗或許都摸過的。唉哪天我們才能透知這一切因緣但就算永遠無解又如何這些原就該屬於我們是不是。七月愈想愈長好難捱⋯七月過了是八月。八月八月世界開始在八月。時間到底是快是慢那日沿海大聲聽第一場雪那眞是第一場雪是不是。點滴細節記得那麼清楚記得心裡的慌不知要面對什麼。記得分開時的失落同樣的失落感竟延續到現在。記得告訴自己要給就不保留不後悔唉這決定也延續到現在⋯⋯。Denise Levertov一首情詩〈明信片〉（Postcard）//⋯這兒的海/是內陸峽灣，是一種聲音。/它說著我想你，聲音擊碎了/安靜的黑沈沈的海沙。// 想著我的海也說同樣的話

天人五衰的劫毀是緩慢發生的。那速度有時慢得不易覺察但總在發生。失去是必然的是一切的前提。擁有愈多就失去愈多是這樣嘛多麼讓人惶然……那麼我們到底該珍惜什麼或者就該趁早離捨。惶然的路也允許有個伴嘛而除了你還有誰有誰。思之迷惘

回來看到藍貓在床上熟睡心裡一陣暖，至少這屋子還給一隻貓這樣的安逸。晚些又翻到《杜英諾悲歌》〈第九悲歌〉//因爲逗留於此那麼重要，因爲這一切/此時此地，如此瞬息飛逝……/……就這一次，/所有一切，僅只一次。一次而不再。我們也是，/僅只一次。永遠不再。但這/曾經的一次，雖只一次，/曾經存在過那麼一次的——能被刪除掉嗎？//唉里爾克里爾克。天完全亮了。眞的是透明的蛋青色。有風。陽台上山雀或綠繡眼播種的相思樹輕輕搖晃。還有搖晃的蟬聲。如果我能搖晃到那人夢裡

抒情詩（四則）

「重要的是，那是波浪。」

瑪麗娜・茨維塔耶娃

（之一）

我想用一些字
書寫你，但已經夜深
我甚至不記得那海
是不是藍色

浪花與浪花相遇又拉遠距離
同樣的水
不一樣的波浪，你說
我只記得這些
現在你在我愈發碰觸不到的

另一海岸
我看不清你

我跟不上你
流星的，巴洛可的你
而時間不把自己托付給誰
我們在時間裡失去

（之二）

重要的是
那波浪會回頭，你說
它銀白的鋤鈀犁著一汪汪梯田
推進　退出
鮭魚紅的天空孵著鵝黃的
落日

重要的是，那是波浪
它回頭的姿態永遠不同
不經心的，幾乎催眠的抒情
把眼睛閉著你說
讓我的呼吸告訴你
我是誰

（之三）

那最後的字還不知
會寫在哪裡
該寫在哪裡
我們蜉蝣一樣的肉身肉身
一樣的字
能不能寫在靛藍染的

海的綢緞

浪花的字
雲絮的字
那必須用指尖閱讀的
老水手羅盤上的
字，被下弦的風愈吹愈遠

最重要的是
它永遠以海浪的姿態
回頭，你說

（之四）

現在月亮升起
一朵白玫瑰在貓黑瑪瑙的瞳孔

綻放
燕鷗模仿月光
在波浪的背脊打盹
我的字也像燕鷗，不動
卻起伏
你看見了嗎

那些字，骨架與肌理
那同樣的水，不一樣的波浪
你說，重要的是
那是波浪

註：茨維塔耶娃（Marina Tsvetaeva, 1892-1941）。語出〈有經歷的詩人與無經歷的詩人〉（Poets with History and Poets without History）。

情詩情詩前兩天讀到一位詩人說所有的詩都是情詩是這樣嗎？該要掙扎嗎？到底是九月夜裡窗子開著竟冷醒溫哥華的樹不知變色沒想念那邊長長的海岸。遺憾太多也只能希望被允許點滴的快樂這快樂卻又那麼奢侈點滴都讓人覺得過分多難的處境唉。所以有時寧願是野地裡一匹獸不作多想生死自然。而人其實是被拘束被豢養被馴服的寵物家畜倚賴太多慣性惰性太多已經失去自由自願或非自願的。昨天翻到Susan Musgrave的詩〈火焰交換〉（Exchange of Fire）//…只有走進火裡我才能/把火滅掉。這一回或許我終於/就這麼做了。這或許是一個威脅，或許能讓痛苦結束，/或許是唯一剩餘的藉口　去愛。// 她是很叛逆很特別的詩人在溫哥華島住了很久。

如果一切境本來空，一切境由心生，那麼你是我心所生，我是你心所生，在一特定時空一特定的夢裡。是這樣嗎？那麼至少兩人是在同一時空作同一個夢。是這樣嗎？那麼至少醒也要一起醒好嗎答應　答應

【書後】

卡爾維諾是怎麼定義「經典」的呢？

經典是我們一再想要重讀的書，它承傳前人的記憶，彷彿遠古時代的護身符，從中我們找到支撐找到認同；它構築一種珍貴的經驗，是我們的地圖，從中我們找到依憑找到方位。對照這些代傳的書，我們知道自己身在何處心有何屬，知道周遭的景況知道其中的聯繫，知道自己並不孤單並不飄浮。

經典先行於其他書籍，足以代表我們的世界；它永遠能觸動我們，不斷與我們對話，不斷給我們新的啓發。許多經典我們年輕時讀過，但熟年時再讀更有深一層的體悟；許多經典我們自認了解通透，但細細咀嚼才品出其中不曾預料的，其中原始而獨特的滋味。閱讀經典該只爲單純的喜愛，不爲功利沒有勉強。閱讀經典最好親炙親驗，別人的詮釋反而可能造成迷霧。經典經常被彷彿粉塵雲般混沌的口舌論戰包圍，但它總有法子把這些微分子抖落乾淨，拋在身後。它帶著光環向我們走來，且在所經之處留下屐痕。

經典是一道隔音牆不讓現實界的噪音完全掌控我們。是一扇窗允許我們在現實中觀照另一個時空。是蘇格拉底喝下酖毒之後仍然想學會的笛曲。是我們意識最鮮明的戳印，靈魂最遙遠的迴響。

愛情如果是一部書，該會是卡爾維諾眼裡必須珍藏細讀的經典吧。

你說呢？我遙遠的經典的Kouros。

陳育虹識於台北
二〇〇六，九月

與世界或蜂鳥同步的愛與詩

羅智成

像颶風一樣渦旋攪動的內在，脆弱且一碰就碎的心，如果有選擇，只有兩年壽命的蜂鳥，還會繼續當蜂鳥嗎？

在這本書的自序裡，陳育虹提出這樣的問題。

不知爲什麼，這個問題看起來更像是爲詩人而自問的。

所以，我就想了許久。

但我並沒有想出一個確切的答案。也總覺得存在的狀態往往已經取代了我們的決定。或者，有時候，行動已先於我們的決定，以至於我們一輩子都在延擱那項決定。

例如，詩已經寫出去了。而我們敏銳的目光和易感的心也很快地爲下一首不知何時會出現的詩的出現做好了準備——每隻蜂鳥一天要採一千朵花的蜜，或不停歇地飛五百公里，每個詩的創作者一天可能會探觸一千次的感官經驗而蒐集不到一點蜜；思緒在腦海中來回、反覆穿梭五百公里而找不到一處可以停歇的字句。

詩已經寫出去了！詩已經幫我們作了決定。

不過，我們還是趕緊跳出蜂鳥的宿命或人的陷阱吧！

我讀陳育虹的詩一個較特殊的感想，就是她的詩常常會不知不覺帶領我們離開詩，去到一個更爲廣闊的生活、世界、思想或問題中。這大概也是她的作品一開始就吸引我的原因。

就在此刻，許多創作者正埋首案牘，孜孜矻矻地斟酌著他們的詩句。但是，由於某些更「扎實」事物的闕如，其中有些人的美好修辭終將通不到文字後頭的任何地方。瀏覽他們的詩作像瀏覽一座座遊樂場的收票亭，入場後，卻沒看見熱鬧或冷清、炫目迷人或簡陋破舊的遊樂場，甚至，連蓋遊樂場的空地也沒有……

我們爲什麼而讀詩？爲什麼而寫詩？由於延擱了決定，我們也延擱了爲決定去尋找理由。

讀育虹的作品，你會發現到這樣的線索——某種在詩之前就已存在的世界或生活，它們和詩是有關聯的，而這關聯也就是尋找讀詩寫詩理由的線索。像多風的沙灘上一隻未被預期的青鳥，把我們遠遠拋棄掉的一些問題，再啣回來，交還給我們。

此刻我們正在翻閱的《魅》就是一隻勤奮、忙碌的青鳥，它啣回許多我們起初生活、創作與思索的零件與配件，讓你想起：原先有一座龐大的心靈機械或結構一直未被完成過，孤獨的留在出發點，守候著我們的遺忘。

《魅》也是育虹詩風最徹底、完整的一次顯現。

在這之前，在《河流進你深層靜脈》一書中，我們的詩人已經清楚、自信地展露出與時下受制於書寫主流的創作者明顯不同的追求目標與元素：她吸收了各式各樣文學與非文學的知識與想像，從容地進出浪漫心靈與客觀、駁雜的世界之間，她感興趣的與關心的事物特別廣泛，對事物共相的觀察與抽象或哲學概念的興趣也使她展現出較寬宏的創作格局，這在台灣的女性創作者身上甚至是整個詩壇上都是相當少見的。

我閱讀《河》書時的感覺是十分豐盛的，但是《河》書包羅太廣、不忍取捨，琳瑯滿目有如港式餐廳的菜單，文字風格也尚未統一，所以還看不出作者在詩美學上的偏好；之後的《索隱》則鎖定了對話的對象與主題，力求形式的工整與語法的一致，又有點像日本壽司店的節制與專注。

相較之下，我覺得育虹的詩風到本書才算完全展現出來。我相信《魅》會是育虹的巔峰之作。全書有三十四個標題，六十一首詩，同時還和題名也是「魅」的八十篇形式雜散的札記糾纏、互文、辯證，數量、質量令人印象深刻。

在這情感充沛、知識豐富、想像力驚人的作品集裡，作者企圖建構出一個雙管齊下、多重指涉的言說系統，其中一方是以Kouros爲虛擬告白對象的札記書信體，這當中有外國詩人的詩作翻譯、以重要西方作者如里爾克、葉慈、艾略特、Robbe-Grillet等人爲出處或典故的生活隨想，更多的則是日記或情書般的凌亂書寫。這些被賦予共名〈魅〉的短文，它們的題材、體例與訴求看似凌亂、失焦，卻能以某種私密的語調、細膩的省察、深情甚至率直的告白，塑照出近似李清照封閉又敏感、自我陷溺又意識清明的心境；另一方則是以形式較完整、完成度較高又各不相涉的詩作爲主，主題雖然從塔克拉瑪干、唐古烏拉山到曇花、野薑花到舞池都包括了，但字裡行間一直都和各種不同意涵的情詩若即若離，旅行的距離與主題的差距只是使得它們看起來更加耽溺。

這樣的言說系統創造出一個緊密的氛圍，像落入女子的濃情密意般，你落入一個令人透不過氣來的，詩人所想像、經營出來的思念的原型、情愛的世界或令人無所遁逃的，愛與慾念的本體論。

當然，《魅》裡的作品並不需要只爲整本書而存在。在這當中，〈魅〉系列作品（指八十篇的札記）的訊息與強度的確需要和系列裡的其他作品進行並聯或串聯來傳達，其他詩作則各自獨立，不但語法纏綿、意象精準、篇篇深邃動人，也和「魅」系列一同堅實地顯現出屬於她自己的特質與風格：

（一）對生活大環境及至於對生命共相的興趣與觀察。

我指的特別是作者的世界觀。源於某種明顯的國際性格，陳育虹感受這個世界的方式，不是那種同心圓式由近而遠、由親及疏的漸進法，而像共屬於這個星球平等、相關的一份子，同步感受著這個世界當下正在經歷的種種故事。所以，雖然中國文化與美學薰陶根深蒂固，一方面，她對任何一個進入作品的人，是視之爲人類共同性質的個別顯現，總能無私地加以同情、與之對話或產生共鳴，因此，莎弗、茨維塔耶娃、李清照看起來像詩人的姊妹般都充滿了惺惺相惜的情懷或共同的人性基礎，其他人名也都像家族成員一樣；另一方面，她也比國內一般創作者更勇於參與、介入這個世界的運行與議題，並爲此發聲。另外，對於創作者、情人甚至人類共通情境某種抽象化的關注與反省，對生命共相的求知欲，都是我在她的詩中最早讀到的不同於他人的訊息。

（二）多元的知識與書寫靈感的來源。

除非是較專業主題的書寫，我很少在台灣的詩作品中接觸到這麼多被靈活且自然地引用的知識、典故或人名，這使得我們的詩人在旁徵博引的同時，還邀集到更多心靈與觀點到作品裡來，擴充對每個議題的探索的可能性，更重要的，它呈現出一個充滿求知欲因此充滿生命力與感染力的靈魂，也以當中暗含的理性或主智傾向中和了熱情洋溢的感性詩篇。育虹的這項特點非常鮮明，應該是與她的國際化家庭背景，以及對詩翻譯的投入有關，但是，敢於在詩中陳列大量他人引句或中性的知識訊息，絕對和作者個人的詩觀或詩美學有關。

（三）對派別不同、氣味不同的各式語法均能駕輕就熟。

和第二個特點極不相同的，陳育虹的原創性與敏銳思維並未因大量典故而減少。反而在句型、語法上有十分生動、靈活與多變的表達。在《河》書中，這部分非常明顯，從古典、婉約的閨秀表達到〈除非洞穿如此的實情〉的艱澀語法都顯得得心應手。但是那時我是視其爲個人語言還未成熟的徵兆。到了《魅》，我們可以確定，銘心刻骨的雋句或隨心所欲的言談都必然已成爲詩人創作的主要樂趣了！其中〈曇花看海〉、〈這些〉令人驚豔，「海彷彿某種易燃物」寫日落、「在床上自動書寫」寫戀人都讓人得到極大的閱讀樂趣。

（四）鮮明的態度與主體。特別是某種混雜著特立獨行的勇敢是不容易在詩中並存的事物，但是在作品中談及情愛時，我們的詩人的態度是堅定而雄辯的。有時她甚至不願爲了美學上的效果而有所保留。

〈魅〉系列讓我們見識到「直接」、「白描」的力量；事實上，在許多事情的觀點上，我們都感覺到作者的主觀的堅實存在。

（五）絕不掩飾的熱情浪漫本質……

關於這部分，我們可以輕易在《魅》的字裡行間清晰感受到。而這種浪漫本質雖然無關技巧與觀點，卻是發動一切感人元素的原動力，它是如此強烈，因此增加了詩人與詩情的可信度，讓人爲之屈服、凜然。

就在這篇文字的前後不遠處，陳育虹正引用卡爾維諾的定義在打造她的愛情「經典」。根據我的理解，這樣的「經典」必須是：人們想一再誦讀的、人們願意信仰它的，它更可以把人們自不完美的現狀隔絕開來，要達到這樣的境界，只有巨大的熱情、虔誠的信念才作得到。浸泳在《魅》的詩句中，我感覺到詩人龐大的企圖與能力。

但是，我們再繼續談下去，就眞的會離詩越來越遠了。所以，還是讓我們離開這冗長的討論，親眼來目擊作者內心的蜂鳥吧！

【刊登資料】

〈我再次回到〉 96/01．中時人間
〈水．蛇〉 96/01．聯副
〈魅〉（二十則） 96/01．聯副
〈舞池〉 96/01．中華日報
〈夜間書寫〉（三則） 96/01．自由副刊
〈它們〉 95/10．聯副
〈起丟〉 95/07．聯副
〈方向〉（四首） 95/05．聯合文學
〈咖啡及其他〉（四首） 95/04．幼獅文藝
〈交織〉 95/04．聯副
〈如果遇到〉 95/03．聯副

〈從七夕到七夕〉　95/02・幼獅文藝

〈換一個說法〉　95/02・聯副

〈風〉　95/01・中時人間

〈彈撥爾〉　94/12・幼獅文藝

〈過唐古拉山〉　94/11・聯副

〈曇花看海〉　94/10・聯副

〈這些〉（五首）　94/07・聯合文學

〈說完創世紀〉　94/07・中時人間

〈背影〉　94/07・中時人間

〈野薑花〉〈想念〉　94/04・中時人間

〈我告訴過你〉　94/04・聯副

〈超現實石室〉　94/02・中時人間

〈七月〉　93/12・聯副

〈塔克拉瑪干〉　93/08・聯副

國家圖書館預行編目資料

魅／陳育虹著. -- 初版. -- 臺北市：寶瓶文化, 2007 [民96]
面； 公分. -- (island；77)

ISBN 978-986-7282-81-1 (精裝)

848.6 95000564

island 077

魅

作者／陳育虹

發行人／張寶琴
社長兼總編輯／朱亞君
主編／張純玲
編輯／夏君佩
外文主編／簡伊玲
美術設計／林慧雯
校對／張純玲・陳佩伶・余素維
企劃主任／蘇靜玲
業務經理／盧金城
財務主任／趙玉雯 業務助理／彭博盈
出版者／寶瓶文化事業有限公司
地址／台北市110信義區基隆路一段180號8樓
電話／(02) 27463955 傳真／(02) 27495072
郵政劃撥／19446403 寶瓶文化事業有限公司
印刷廠／世和印製企業有限公司
總經銷／聯經出版事業公司
地址／台北縣汐止市大同路一段367號三樓 電話／(02) 26422629
E-mail／aquarius@udngroup.com

法律顧問／理律法律事務所陳長文律師、蔣大中律師
如有破損或裝訂錯誤，請寄回本公司更換
著作完成日期／二〇〇六年九月
初版一刷日期／二〇〇七年一月十九日
ISBN-13／978-986-7282-81-1
定價／三五〇元

愛書人卡

感謝您熱心的為我們填寫，
對您的意見，我們會認真的加以參考，
希望寶瓶文化推出的每一本書，都能得到您的肯定與永遠的支持。

系列：I077　書名：魅

1. 姓名：＿＿＿＿＿＿＿　性別：□男　□女
2. 生日：＿＿年＿＿月＿＿日
3. 教育程度：□大學以上　□大學　□專科　□高中、高職　□高中職以下
4. 職業：＿＿＿＿＿＿＿
5. 聯絡地址：＿＿＿＿＿＿＿＿＿＿＿＿＿＿＿＿
   聯絡電話：(日)＿＿＿＿＿＿＿(夜)＿＿＿＿＿＿＿
   (手機)＿＿＿＿＿＿＿
6. E-mail信箱：＿＿＿＿＿＿＿＿＿＿＿＿
7. 購買日期：＿年＿月＿日
8. 您得知本書的管道：□報紙／雜誌　□電視／電台　□親友介紹　□逛書店　□網路
   □傳單／海報　□廣告　□其他
9. 您在哪裡買到本書：□書店，店名＿＿＿＿＿　□劃撥　□現場活動　□贈書
   □網路購書，網站名稱：＿＿＿＿＿　□其他＿＿＿＿＿
10. 對本書的建議：(請填代號　1. 滿意　2. 尚可　3. 再改進，請提供意見)
    內容：＿＿＿＿＿＿＿＿＿＿＿＿
    封面：＿＿＿＿＿＿＿＿＿＿＿＿
    編排：＿＿＿＿＿＿＿＿＿＿＿＿
    其他：＿＿＿＿＿＿＿＿＿＿＿＿
    綜合意見：＿＿＿＿＿＿＿＿＿＿＿＿＿＿＿＿＿＿＿＿
11. 希望我們未來出版哪一類的書籍：＿＿＿＿＿＿＿＿＿＿＿＿

讓文字與書寫的聲音大鳴大放

寶瓶文化事業有限公司

（請沿此虛線剪下）

廣　告　回　函
北區郵政管理局登記
證北台字15345號
免貼郵票

寶瓶文化事業有限公司　收

110台北市信義區基隆路一段180號8樓

8F,180 KEELUNG RD.,SEC.1,

TAIPEI,(110)TAIWAN R.O.C.

（請沿虛線對折後寄回，謝謝）